KB106051

역사
소설 진령군

진령군

발행일	2022년 12월 23일		
지은이	이정근	삽화	박진식
펴낸이	손형국		
펴낸곳	(주)북랩		
편집인	선일영	편집	정두철, 배진용, 김현아, 류휘석, 김가람
디자인	이현수, 김민하, 김영주, 안유경	제작	박기성, 황동현, 구성우, 권태련
마케팅	김회란, 박진관		
출판등록	2004. 12. 1(제2012-000051호)		
주소	서울특별시 금천구 가산디지털 1로 168, 우림라이온스밸리 B동 B113~114호, C동 B101호		
홈페이지	www.book.co.kr		
전화번호	(02)2026-5777	팩스	(02)2026-5747

ISBN   979-11-6836-622-0 03810 (종이책)   979-11-6836-623-7 05810 (전자책)

(주)북랩 성공출판의 파트너

북랩 홈페이지와 패밀리 사이트에서 다양한 출판 솔루션을 만나 보세요!

홈페이지 book.co.kr • **블로그** blog.naver.com/essaybook • **출판문의** book@book.co.kr

작가 연락처 문의 ▶ ask.book.co.kr

작가 연락처는 개인정보이므로 북랩에서 알려드릴 수 없습니다.

나라를 말아먹은 여자

역사
소설 진령군

이정근 지음

북랩

차 례

1장

청미천에
배 띄워라

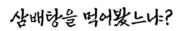

삼배탕을 먹어봤느냐?

강바람이 스산하다. 현판은 사라진 지 오래고 속살을 드러낸 주춧돌이 하늘을 바라보고 누워있다. 찾아오는 사람도 없고 지나는 나그네도 없다. 세상을 갈아엎겠다고 결기를 다지던 일곱 청년의 함성도 간곳이 없는 그곳에 잡초들만 무성하다.

"사공마저 내보내고 자네와 마주 앉은 연유를 알겠는가?"

잔잔히 흐르는 강물에 배를 띄운 민응식이 염소수염을 쓰다듬었다.

"지가 어찌 알겠습니까요?"

사또 재판에 불려 나온 죄인처럼 법사가 두 손을 모았다.

"법사가 그걸 모른다면 실망이군."

"저희야 미래를 보는 눈을 갈고닦았을 뿐 독심술은 배우지 않았습니다요."

"독심술이라? 그야, 그렇겠지. 결이 다르니까. 그래. 시국은 보이나?"

날아가던 백로를 바라보던 민응식이 법사를 내려다보았다.

"그거야 손안에 든 그림입죠."

"시국을 어떻게 보고 있나?"

"지나가는 바람입죠."

경기남부 사투리가 강바람에 실려 갔다.

"왕비가 피난 가고 민겸호 대감과 보현 대감이 궐에서 폭도들에게 맞아 죽었는데도 지나가는 바람이라고?"

"폭도들의 목이 곧 숭례문 밖에 걸릴 겁니다요."

법사가 단호하게 잘라 말했다.

"당색은 무엇인가?"

시세에 따라 폭도들의 목은커녕 자신의 목이 숭례문밖에 걸릴지도 모른다. 한양에서 내려온 귀인을 극진히 모셔야 할지? 밀정을 놓아 고변해야 할지? 그것이 문제다. 자신의 목숨은 물론, 가문이 멸문지화를 당할지, 부귀영화를 누릴지 불안하기 짝이 없다.

"바람에 밀려가는 구름입죠."

"구름이라?"

"목사 나리께서 배를 띄워놓고 있는 이곳 청미천의 동쪽은 충청도 서쪽은 경기도인데도 장호원 사람들은 어울려 살고 있습니다요."

"사화를 겪으면서 역적으로 죽은 사람이 충신으로 복권되는가 하면, 부귀영화를 누렸던 사람이 부관참시를 당하지 않았는가?"

"그것마저도 부질없다는 말씀입니다요. 이조전랑을 두고 동인 서인으로 갈렸던 선비들이 노론 소론, 남인 북인으로 갈리고 시파 벽파로 갈렸지만 남긴 게 무엇이고 이룬 게 무엇이냐는 말씀입니다. 모두가 구름 가듯이 밀려가고 하늘은 파랗다는 뜻입니다요."

"이거, 얘기가 너무 깊이 들어갔군. 뭍에 나가 있는 사공을 부르게."

법사가 뱃전에 서서 손짓 발짓으로 사공을 부르자 백사장에서 대기하고 있던 사공이 작은 배에 주안상을 차려 가지고 왔다.

"오늘은 내 마음이 흐뭇하니 내가 먼저 술을 쳐 줌세."

호리병을 든 민응식이 술잔을 채웠다.

"황감하옵니다요."

술잔을 받은 법사의 입이 귀에 걸렸다. 임금이 내려주는 선
온(宣醞)보다도 더 귀한 술이다. 지방에 살면서 지방 수령의 술
잔을 받는다는 것이 어디 흔한 일인가? 선택받았다는 우월감
에 어깨 으쓱이다.

40도가 넘는 고도주 때문이었을까? 한 순배가 돌았는데 불
쾌해진 목사가 입을 열었다.

"저 구석에 꾸어다 놓은 보릿자루처럼 앉아 있는 저 애는 누
구인가?"

"소인의 딸이옵니다요."

"친딸?"

"아니옵니다."

"그렇다면 신딸?"

"그렇사옵니다."

"세습무가 아니라 강신무란 말인가?"

"예."

"작두도 타는가?"

"아직 그 경지에는 이르지 못했습니다요."

"근데 왜 이렇게 못생겼는가? 박색이군."

"여자란 담장 위에 있을 때 풋풋해 보이고, 누대(樓臺) 위에
있을 때 신선해 보이고, 술에 취해 있을 때 예뻐 보이고, 달빛
아래 있을 때 요염해 보이고, 촛불 아래 있을 때 품어 보고 싶
은 것 아닙니까요. 하하하."

"흐흐흐, 자네가 풍류를 아는구먼."

"인물은 못났지만 속은 깊은 아이입니다요."

"자네가 저 아이의 속에 들어가 보기라도 해봤다는 말인가?"

민웅식이 야릇한 미소를 흘렸다.

"신딸에게 모든 것을 전승해주려면 그것마저도 알아야 합니다."

"입문한 아이들은 처녀가 없단 말인가?"

"그렇습죠."

"지아비가 있는 유부녀가 신내림을 받는다면?"

"남편과 관계를 끊어야 합니다요."

"인륜 도덕이 없는 무례한 집단이군."

"왕실에는 왕실의 법도가 있고 사가에는 사가의 법이 있듯이 이 세계에도 법이 있습니다요."

"가까이 부르게."

도사가 딸을 불렀다.

"애야! 목사님이시다. 어서 한잔 올려라."

다소곳이 머리를 숙이고 있던 여자아이가 호리병을 잡아 술을 쳤다.

"네 이름이 무어냐?"

"명신이라 하옵니다."

"성은 무엇이냐?"

"신가라 하옵니다."

"기가 막힌 성과 이름이로구나."

"네?"

"네가 신고 다니는 신발은 앞뒤가 없냐?"

"네에?"

명신이가 눈을 동그랗게 뜨고 목사를 바라보았다.

"어디 신가냐?"

"매울 신자를 씁니다."

"매울 신가에는 영산 신가와 영월 신가, 영주 신가가 있던데 어디 신가냐?"

"고추 신가이옵니다."

"고추 신가? 고추 신가는 처음 들어보는데,"

"처음 들어봤다는 사람은 많아도 안 들어 봤다는 사람은 없습니다."

"뿌리가 없군."

"정자 하나입니다."

"정자 하나가 무엇이냐?"

"동해안엔 고래 한 마리가 살았고 정자동엔 정자 한 마리가 있었습니다."

선문답 같은 대화에 목사가 고개를 갸우뚱했다.

"아버지가 미래를 내다볼 줄 아는 현인이었구나."

"거기서 왜 현인이 나옵니까요?"

법사가 끼어들었다.

"인간이 세워 놓은 것은 무너지고 걸어 놓은 것은 떨어진다는 것이 세상 이치다. 사랑방에 큼지막하게 자리 잡은 붓과 벼루도 이순신 장군처럼 전장에 나가거나 겸재가 그림을 그리기 위해 팔도를 유람할 때는 필요에 의해 작아졌다. 상인들이 쓰는 수판도 마찬가지다. 지금은 덩치가 커서 가지고 다닐 수 없지만 돈이 세상을 지배하는 세상이 오면 손바닥에 들어올 거다.”

“에이, 그런 날이 언제 오겠습니까요.”

“지금이야 언문이 암글이라고 천대받지만 앞으로 백 년 후면 좋은 세상이 올 걸세. 앞으로 읽어도 신명신, 뒤로 읽어도 신명신이니 좋은 이름이지 않느냐. 하하하.”

“흐흐흐.”

목사의 너털웃음에 법사도 덩달아 따라 웃었다.

“그래, 아버지는 뭐하시냐?”

“싸질러 놓고 책임을 지지 않으니 있은들 무엇하겠습니까.”

“말이 너무 거칠구나.”

“강 건너 무릎정에서 주먹을 불끈 쥐고 함성을 지르던 청년들에 비하면 개미 울음소리에 불과합니다.”

"매미가 아니고 개미라 했느냐?"

"네."

"개미도 우느냐?"

"그만큼 하찮다는 말씀입니다."

"네가 그 청년들을 아느냐?"

"영의정 박순이 대감의 하룻밤 불장난으로 태어난 박응서, 서익 목사가 종을 겁탈하여 태어난 서양갑, 병사 이병준이 부하의 마누라를 후려서 낳은 이경준, 그밖에 심우영, 허홍인, 김경손 등 일곱 명의 서얼 청년이 아버지를 아버지라 부르지 못하는 세상을 뒤엎겠다고 맹세하며 강변칠우를 다짐하던 터가 바로 강 건너에 있습니다."

"고놈 참 대단하군. 그래, 어머니는 뭐하시냐?"

"장치기 돈장사하십니다."

목사의 눈이 휘둥그레졌다.

"이봐 법사! 장사, 장사해도 돈장사는 처음 듣는 얘기일세, 장치기 돈이 무엇인가?"

"5일마다 장이 서면 장에 나가 급전이나 목돈이 필요한 장사꾼들에게 돈을 빌려주고 이자를 받는 사람들입니다."

"말이 좋아 돈놀이지, 고리대금업자군."

"나라에서도 고리대금업을 하고 있잖습니까?"

고리대금업자라는 말에 배알이 꼬인 명신이가 내질렀다.

"그게 무슨 말이냐?"

"식량이 떨어져 보릿고개를 넘기기 어려운 백성들이 나라에서 쌀 한 가마를 빌리면 1년에 1할 이자를 붙여서 갚는 게 나라의 법인데 실지로는 곱절을 갚아야 하고 기간도 7~8개월로 짧아지니 고리대금 아니고 무엇이겠습니까."

"정말로 그러느냐?"

목사의 시선이 도사에게 향했다.

"목사님만 모르는 공개된 법입니다."

"누가 그렇게 강도 짓을 한단 말이냐?"

"고을 현감이나 사또들이 그렇게 하고 있습니다."

"나쁜 놈들이군."

짐짓 모른 척했지만 모를 리 없다. 아전이 백성을 수탈하여 상납하니 알고도 모른 척하는 것이다. 곤혹스러운 목사가 화제를 바꿨다.

"채무자가 갚을 힘이 없을 때, 집이나 토지를 빼앗는다는 말이 있던데 사실인가?"

"그럴 경우도 있습니다."

"토지나 집이 없을 경우엔 딸이나 마누라를 빼앗아 가는 경우도 있다며?"

"그럴 때도 있습니다."

"악덕 업자군."

"아닙니다. 피 같은 남의 돈을 쓰고 배 째라 하는 그 사람이 악당입니다."

명신이가 목소리를 높였다.

"너무 열 받지 말고 너도 한 잔 받아라."

민응식이 술잔을 내밀었다. 명신은 사양도 하지 않고 술잔을 받아 목에 털어 넣었다. 짜르르한 술기운이 식도를 타고 온몸에 퍼져나갔다.

강바람이 일렁이고 잔잔하던 물결이 뱃전을 두드린다.

"관상은 무엇이냐?"

"관상은 학문입니다."

햐, 이것 봐라. 민응식은 술이 확 깨는 기분이었다.

"마의상서를 읽었느냐?"

"그것은 초짜들이 읽는 입문서입니다."

"어디까지 공부했느냐?"

"선비들은 사서삼경을 읽고 과거에 나가 급제하여 출사하지만 저희 같은 미천한 당쟁이는 사서삼경을 읽고 대학연의와 정관정요를 읽고 도덕경을 읽으며 양명학을 배웠습니다."

깜짝 놀란 민응식이 자세를 고쳐 앉았다. 사서삼경 정도는 자신도 읽었지만 대학연의는 넘을 수 없는 벽이다. 성군 세종이 벽에 붙여놓고 읽었다는 제왕학 교과서가 아닌가. 정3품 지방 목사인 자신은 감히 가까이하기엔 먼 책이다.

"정치란 무엇이냐?"

"물입니다."

막힘없이 한마디로 요약했다.

"물이라고 했느냐?"

"네."

"왜 그러느냐?"

"물을 함지박에 담으면 함지박 형상이 되고 호리병에 담으면 호리병 형상이 되며 추우면 꽁꽁 얼어붙어 얼음덩이가 되었다가 열을 가하면 증기가 되어 하늘로 날아가 버립니다."

"오묘하구나."

"형상이 없다는 뜻입니다."

"물은 배도 띄울 수 있고 배를 엎어버릴 수도 있다는 말도 있지 않느냐?"

"그 말은 하수들의 이야기입니다. 물은 낮은 곳으로 흐르고, 흐르다 막히면 돌아가고, 가다 패인 곳이 있으면 메꿔주고, 장애물을 만나면 쉬어가고, 높은 곳을 만나면 깎아 내리고 화나면 쓸어버리는 것이 물입니다."

"그런 심오한 말을 어디서 배웠느냐?"

"책에서 배웠습니다."

"기특하구나."

"그래서 학문이라 하지 않았습니까."

"학문을 배워도 아는 사람은 알고 모르는 사람은 모르지 않느냐?"

"우리가 배를 띄우고 앉아 있는 청미천도 삼수변에 청(淸)이고 삼수변에 미(渼)입니다. 다시 말해 푸른 것도 물이 흘러야 푸르러지고 아름다운 것도 물이 흘러야 더 아름다워진다는 말씀입니다."

"삼배탕도 먹어 봤느냐?"

논리에서 밀리던 목사가 논점과 다른 곳으로 화제를 돌렸다.

"저도 처음 듣는 소리입니다."

명신이 모르겠다는 듯이 눈을 크게 뜨고 목사를 바라보자 도사가 끼어들었다.

"배 위에서 배를 타고 배를 깎아 먹는 것이 삼배탕이란다. 여색을 좋아하는 한량들의 유희지, 하하하."

목사가 능청스러운 미소를 흘렸다. 도사도 덩달아 썩은 미소를 날렸다.

"흐흐흐."

"그런 것이라면 저도 이제 타보겠습니다."

"당돌하구나."

목사가 많지도 않은 수염을 쓰다듬으며 마른기침을 큼큼거렸다.

"남자들만 올라가라는 법이라도 있습니까?"

"발칙하구나."

"장녹수는 임금님의 배 위에도 올라갔다는 얘기를 들었습니다."

"무엄하구나."

수염을 쓰다듬으며 헛기침을 흘리던 민응식이 법사를 바라보았다.

"이보게 법사!"

"네."

법사가 두 손을 모았다.

"저 아이가 똑똑한데 내가 데리고 갈 걸세."

"네~에?"

화들짝 놀란 법사가 목사를 뚫어지게 쳐다보았다.

"불가합니다요."

"왜인가?"

"저 아이는 아직 애동이라서 더 배워야 할 것이 많습니다."

"내가 가르침세."

"그리고 또 하나….."

법사가 말꼬리를 흐리며 두 손을 비볐다.

"또 하나가 뭔가?"

"저 아이를 소인에게 넘겨준 스승님의 허락을 받아야 합니다요."

"자네 말고 스승이 또 있단 말인가?"

"예."

"뭐하는 사람인가? 자네처럼 굿판을 쫓아다니는 화랑이인
가?"

"아닙니다. 스님입니다."

"스님이라고? 법명이 무엇인가?"

"천궁이라 하옵니다."

"법명에서 땡초 느낌이 나는데 진짜 스님인가?"

"진짜입니다."

"화엄종인가? 능엄종인가? 조계종인가?"

"그것까지는 모르겠습니다."

"근본이 없고 뿌리가 없는 승니들은 땡초중이지."

목사가 쩝쩝 입맛을 다셨다.

"독립승도 있다는 소리를 들었습니다요."

"어찌됐든 그 스님에겐 사후에 허락을 받을테니 그리 알게."

잠시 호흡을 가다듬던 목사가 잘라 말했다.

"아니 되옵니다."

"아니 된다 말했는가?"

목사의 눈이 횡으로 찢어지며 불편한 심기를 드러냈다.

"네."

"저 계집 하나 때문에 자네 재산과 목을 내놓을 수 있단 말인가?"

털면 다 나오고, 그 터는 권력을 내가 가지고 있다는 암시다. 수령들은 마뜩잖은 사람이 있으면 동헌에 불러다 놓고 "네 죄를 네가 알렷다."라며 매타작을 시작한다. 전가의 보도다. 죄가 없는데 죄를 어떻게 알겠는가. 하지만 매에 장사 없다. 곤장에 너덜해진 몸을 이끌고 동헌을 나설 때는 재산은 다 날아간 후다.

"아, 아닙니다. 데리고 가십시오."

불쾌 수위를 더 높이면 수습할 수 없는 지경에 이른다는 것을 간파한 법사가 꼬리를 내렸다.

"배를 뱃전에 대고 가마를 대령하라 이르게."

"예, 알겠습니다."

어느덧 법사는 목사댁 집사가 되어 있었다.

가마에 오른 명신이의 손을 붙잡은 법사의 눈에 눈물이 그렁거렸다.

배산임수에 장풍득수와 금계포란까지

명신이가 강변에서 헌납되어 이곳에 들어와 대저택 깊은 방에 유폐된 지도 이레가 지났다. 신체적인 구속은 없었지만 찾아오는 사람도 없고 찾아갈 사람도 없다. 하인들이 가져다준 밥 먹고 오갑천을 바라보며 멍때린 것이 전부다.

집 외부는 물론 내부에도 곳곳에 군사들이 서 있고 오가는 하인들은 입을 굳게 닫고 있다. 묵언 수행 중인 절집에 들어온 분위기다. 눈에 보이는 것은 만사에 참견하고 윗입술과 아랫입술이 붙어 있으면 가시가 돋는듯하던 명신에게는 창살 없는 감옥이나 다름없었다.

"불러오라는 분부이옵니다."

신발을 잘잘 끌고 온 하인을 따라나섰다. 누가 부르는지 어디로 가는지 모른다. 그저 감옥 같은 방을 나선다는 것이 좋을 뿐이다.

"불러왔습니다."

"들라 이르라."

섬돌에 신발을 벗고 하인이 열어준 합문을 지나 방으로 들어섰다. 거기에는 민응식이 정좌하고 있었다. 가볍게 목례를 했다.

"게 앉아라."

명신이가 앉으려고 하자 따라 들어온 하녀가 큰절하고 앉으란다. 하녀의 도움을 받으며 큰절을 올리고 자리에 앉았다.

"너는 부를 때까지 나가 있어라."

하녀를 내보내고 잠시 침묵이 흘렀다. 서안(書案)에는 보다가 덮어둔 책이 있고 십장생 무늬가 있는 팔걸이에 몸을 기대고 민응식이 비스듬한 자세로 명신이를 맞이했다.

등 뒤 횃대에는 관복이 가지런히 걸려있고 갓은 갓집에 들어가 있다. 벼루 옆자리를 지키고 있는 매화 무늬 연적이 앙증스럽다. 중앙정계로의 진출을 갈망하는가? 물고기 무늬 필통에는 상아 붓이 꽂혀있고 고비에는 벗들이 보내온 편지가 꽂혀 있다. 사방탁자를 기대고 거문고가 지긋이 등을 대고 서 있다.

"우리 집에 들어오는 하인이나 가솔들은 7일 동안 외출을 금하고 방문객을 사절하는 것이 불문율이다."

"그렇게 비밀이 많습니까?"

"집안의 안녕과 평온을 위해서다."

말이 말을 낳고 말들이 많아지는 것을 경계했던 것이다. 본처는 한양에 있고 첫째 첩은 감영 내금당을 지키고 있다. 이곳 대저택은 세 번째 여자 양실이 거처다. 한양에 있는 집이나 내금당보다도 크고 넓은 대저택이다.

사람이 많다 보니 없는 말이 만들어지고 그 말들이 담장을 넘어가면 그 말이 한양까지 올라갔다. 어쩌다 본처가 한양에서 내려와 충주 첩과 장호원 첩을 수안보에 불러놓고 눈물이 쏙 빠지게 혼내는 모습은 충주 바닥에서 알 말한 사람들은 다 아는 화젯거리였다.

"너도 이레 동안 인성 품평을 통과했으니 족쇄를 해제하는 것이다."

"사람을 데려다 처박아놓고 문밖 출입도 못 하게 하니 답답해 죽는 줄 알았습니다."

"그래 무엇으로 소일했느냐?"

"창밖의 오갑천을 바라보며 장풍득수를 공부했습니다."

"장풍득수라 했느냐?"

"네."

"장풍득수를 설명해 보거라."

"무언가를 감추고 바람을 피하며 물을 얻는다는 뜻입니다. 물은 만물이 생장하는 데 없어서는 아니 될 귀한 존재입니다. 인간을 비롯한 생물이 나고 자라고 소멸하는 데 절대적으로 필요하며 모난 돌이 깎이는 데도 물이 필요합니다."

"심오한 변설이구나."

"소인이 이 집에 들어올 때 강렬한 기를 느꼈습니다. 금송아지라도 감추어 두셨습니까?"

"기(氣)라고 했느냐?"

"네."

"예리하구나."

민응식이 수염을 쓰다듬었다.

"선비가 살 만한 이상적인 길지로 자리가 으뜸이고, 다음으로 생리가 좋아야 하며 빼어난 산수가 있어야 한다.'라고 이중환 선생께서 말씀하시었는데 배산임수에 장풍득수와 금계포란까지 좋은 것은 다 갖추고 있습니다."

"금계포란은 또 무엇이냐?"

"닭에도 금닭과 은닭, 동닭이 있습니다. 금닭은 벼슬에 금테를 두른 닭으로 귀한 자손을 본다는 닭입니다. 은닭은 좋은 관직에 출사한다는 뜻이며 동닭은 말 그대로 똥닭으로서 사람의 목구멍에 들어가는 식용 닭을 일컬으며 천한 신분을 말합니다."

"금수저는 영원히 금수저이듯이 금닭으로 태어났으면 죽을 때까지 금닭이지 어찌 동닭으로 갑자기 신분이 변할 수도 있단 말이냐?"

"입신양명해서 잘나가던 정승 판서가 어느 날 갑자기 역모 혐의로 저잣거리에 목이 걸리면 그 자식들은 하루아침에 죽임을 당하거나 노비가 되지를 않습니까?"

"너는 맞는 말을 해도 왜 그렇게 싸가지 없게 하느냐?"

자신의 비밀을 꿰뚫어 보며 희롱하는 것만 같았다.

"제가 싸가지 없는 게 아니라 내일 일도 모르면서 백성들 앞에 군림하고 기고만장하는 모리배들이 네가지 없는 것입니다."

"기막힌 해석이구나."

"그런데 한 가지 걱정이 있습니다."

"무어냐? 어서 말해 보거라"

민웅식의 입술이 말라 들어갔다.

"이 집은 금계포란형으로 귀한 금닭이 알을 품었는데 그 알이 부화하지 못하고 깨질까 염려스럽습니다."

명신이의 입가에 특유의 미소가 그려졌다.

"그렇게 불안정하느냐?"

"병아리가 태어나기는커녕 금닭이 죽을 수도 있습니다."

"어미 닭이 죽을 수도 있다고?"

"네."

민응식이 무거운 신음을 토해냈다.

"오늘은 아주 귀한 분을 만나러 갈 것이다."

"귀한 분이라구요?"

"그렇다. 조선에 딱 한 분 계시는 분이다."

"넓고 넓은 조선 천지에 딱 한 분이라니? 그런 분이 왜 여기에 계십니까?"

"계신다면 계신 줄 알지 말이 많구나."

"에이, 농담이시겠지요?"

"왕비님이시다."

"왕비님이라굽쇼?"

명신이의 목소리가 달라졌다. 심장이 쿵쿵거리고 온몸이 떨렸다. 궐에 있어야 할 왕비가 이곳에 있다니 믿어지지 않았다. 하지만 목사가 있다고 하니 믿을 수밖에 없다.

"궐에 계셔야 할 분이 왜 여기에 계십니까요?"

"잠시 휴양하러 와 계시다."

"휴양이라면 수안보 온천장에 가셔야지 왜 여기 계십니까요?"

"어허! 말이 많구나."

"그렇게 지체가 높으신 분을 지가 왜 만나야 합니까?"

"관상은 학문이라고 했지?"

"예."

"왕비님의 관상을 학문으로 풀어 보거라."

민응식에게는 절체절명의 시간이다. 왕비의 미래가 좋아지면 자신의 앞날도 퍼지고 왕비의 미래가 좋지 않으면 자신은 죽음이다.

"왕과 왕비는 똑바로 쳐다볼 수 없는 절대 존엄이다. 그러니 네가 재주를 부리면서 힐끔힐끔 살펴보란 말이다."

"네."

"무복은 갖춰 왔겠지?"

"예."

회화나무가 멋들어진 정원을 지나고 연못을 지나 별당 앞에 섰다. 곳곳에 허리춤에 칼을 꿰차고 삼지창을 든 군사들이 도열해 있다.

"신 충주목사 민응식 문후 여쭈옵니다."

잠시 후 시녀상궁이 치맛자락을 여미며 합문(閤門)을 열었다.

"들라 이르십니다."

상궁의 안내를 받으며 회랑을 지나 커다란 방 앞에 섰다.

"충주목사 입시이옵니다."

"들라 이르라."

양쪽에 선 나인들이 합문을 열어주었다. 서안을 가운데 두고 앉아 있는 여인의 모습은 위엄 바로 그 자체였다. 왕비만 입을 수 있는 당의를 입고 앉아 있는 모습은 범접하기 어려운 위엄을 내뿜고 있었다. 다섯 번 말아 감침 깨끼를 속옷으로 한 도련선의 조화가 아름다웠다.

"중전마마! 강녕하시옵니까?"

민응식이 엎드려 예를 올렸다.

"얘야! 너도 마마께 예를 갖추어라."

절을 마친 민응식이 명신이를 바라보았다. 시녀상궁의 도움을 받으며 명신이가 절을 올렸다.

"목사가 얘기하던 그 아이요?"

"네, 그러하옵니다."

"똘똘하게 생겼군."

명신이를 지긋이 내려다보던 왕비가 입을 열었다. 그 사이 나인들이 다과를 내왔다. 매락과와 정과, 제호다에 건공다와 강계다였다. 오매육에 사인, 백다향과 초과를 가루 내어 꿀에 잰 제호다가 명신이의 입맛에 딱 맞았다.

"명신아! 어서 중전 마마께 너의 재주를 보여드려라."

무복(巫服)으로 갈아입은 명신이가 고깔을 쓰고 왼손에는 종이로 만든 삼지창 오른손에는 방울을 들고 나타났다. 수술이 화려한 방울은 불쌍한 영혼을 달래고 나쁜 귀신은 쫓아내는 진혼용 무구(巫具)다.

고깔을 벗고 왕비에게 목례한 명신이가 삼지창을 세워두고 춤을 추기 시작했다. 화려한 무복에 덩기덕 쿵더러러쿵 굿거리장단으로 시작한 무당춤은 왕비 가까이 왔다 멀어지고 멀어졌다 가까이 오면서 춤사위를 선보였다.

조금 빠른 세마치장단을 지나 절정으로 향해 치달을 무렵 명신의 손에 들린 방울이 현란하게 움직이며 신들린 경지를 보였다. 음과 양이 교합하는 것처럼 명신의 몸이 춤추고 손에 들린 방울이 서로 같이, 또 다르게 춤을 춘 것이다. 방울에 달린 수술이 그린 포물선은 가히 환상이었다.

한판의 춤이 끝났다.

"훌륭한 솜씨구나."

"과찬의 말씀입니다."

칭찬은 명신이에게 했는데 민응식이 대답했다.

"궁중무는 느려 터져서 재미가 없는데 무무(巫舞)는 박력이 있어서 좋아요. 딱 내 스타일이야. 안 그렇습니까? 목사!"

"외람된 말씀이오나 마마의 말씀을 알아듣지 못했습니다."

"조선 사람이 조선말을 못 알아듣다니 난청이라도 있습니까?"

"아니옵니다."

"내가 이 새끼들이라고 하기나 했다는 말씀입니까?"

"아니옵니다."

"그러면 무슨 말을 못 알아들었다는 말씀입니까?"

"스타일이라는 말을 몰라서…."

민응식이 말꼬리를 흐렸다.

"호호호, 고거는 미리견(美利堅) 말이랍니다."

"미리견이라굽쇼?"

"아메리카 말 말씀이오. 선교사들에게 배웠지요."

왕비는 조선에 들어와 있는 선교사들을 통하여 영어를 배우고 서양 문물을 익히고 있었다.

"소인이 무식해서 죄송합니다."

"괜찮다."

"무슨 뜻이옵니까?"

"형식과 방식이 내 맘에 든다는 뜻입니다."

"알아 모시겠습니다."

민응식이 머리를 조아렸다.

"가까이 오너라."

고깔을 벗은 명신이의 이마에 땀방울이 송글송글 맺혀 있는 모습을 물끄러미 바라보던 왕비가 다정한 목소리로 불렀다.

명신이가 무릎걸음으로 다가갔다.

"내 방에 자주 놀러 오도록 하여라."

놀러 오라는 말은 무상출입을 허락한다는 '쯩'이다. 무상출
입증. 명신이가 왕비 침전을 방문하는 것을 누구도 막을 사람
이 없는 증표다.

"분부 받들어 모시겠습니다."

왕비의 처소에서 물러난 민응식이 명신이를 데리고 사랑채
에 돌아왔다.

"왕비 마마의 관상은 어떻더냐?"

민응식에겐 이것이 제일 중요하다. 자신의 목이 걸려 있는
문제다.

"양쪽 이마가 죽어있는 모습에서 부모운이 빈곤하다는 것을
느낄 수 있었고 빛나는 광채로 보아 백마를 탄 지아비를 만나
신분 상승을 꾀할 상입니다."

"그리고?"

민웅식이 마른침을 삼키며 채근했다.

"인중이 빈약한 것으로 보아 생명줄은 길지 않을 것으로 보입니다."

"일찍 돌아가실 수도 있단 말이냐?"

"네, 그럴 수도 있다는 말씀입니다."

"몇 년이나 살 수 있겠느냐?"

"이걸 말해도 되겠습니까?"

주위를 두리번거리던 명신이 눈을 똥그랗게 뜨고 되물었다.

"괜찮다. 어서 말해 보거라."

"귀 좀 빌려 주세요."

명신이가 목사 귀 가까이에서 낮은 목소리로 속삭였다.

"환간입니다."

"환간은 또 무슨 말이냐?"

"사람이 자기가 태어난 육십갑자를 환갑이라 하듯이 12지간을 뜻합니다."

천기누설이다. 평시 같으면 목이 열 개라도 부족하다. 하지만 지금은 왕비가 피난한 비상시국 아닌가? 민응식에게는 곡소리 나올 일이다.

"수고했다. 돌아가서 쉬도록 하여라."

명신이를 돌려보낸 민응식은 그 자리에 눕고 말았다. 12년이라니? 충주목사 민응식에게 또 다시 갈등이 파도처럼 밀려왔다. 길 잃은 강아지도 거두어 주는 것이 인지상정인데 하물며 일국의 왕비가 위난을 당하여 예까지 찾아왔으니 어쩌란 말인가.

"목숨 걸고 지킬 것인가? 고변해서 끝장낼 것인가?"

고민의 끝은 고변해도 살아남을 것 같지 않았다. 어차피 한 배를 탄 몸, 지키는 것으로 가닥을 잡고 마음을 정리했다.

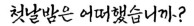

첫날밤은 어떠했습니까?

이튿날. 명신은 일찍 일어나지 못했다. 무당은 굿을 치르고 나면 신열이 올라와 몸살을 앓는다. 신춤도 마찬가지다. 한 판의 춤이 끝나고 나면 온몸이 쑤시고 저리고 몸살을 앓는다. 안 쓰던 근육을 사용해서만이 아니다. 접신 상태에서 춤추는 무녀의 몸은 신의 열기와 무녀의 열기가 용광로처럼 끓는다.

"중전마마께서 들라는 분부이십니다."

침상에서 일어나지 못하고 있는데 문밖에서 낯선 여인의 목소리가 들렸다. 중궁전 색장나인이었다.

"놀러 오라 해놓고 벌써 부르다니 어제 내가 무슨 잘못이라도 저질렀나?"

아무리 생각해봐도 실수한 것은 없는 것 같았다.

"잠시만 기다리시오."

누구의 명인데 거절할 수 있나? 평상복을 챙겨 입고 나인을
따라나섰다.

"근데, 왜 목사를 통하지 않고 나인을 직접 보냈을까?"

답은 없고 궁금증만 더해갔다. 왕비 처소에 도착했다.

"마마! 무당 아이 데려왔습니다."

"들라 이르라."

어제 들었던 그 목소리와 함께 문이 열리며 그 자리에 그 여
인이 환하게 웃고 있었다.

"어서 오너라."

"네, 마마!"

명신의 입에서 '마마' 소리가 처음 나왔다.

"가까이 오너라."

예도 생략한 채 명신이를 가까이 불렀다.

"어제 콧방울에 땀이 송글송글 맺히는 걸 보고 병이나 나지
않았나 의원을 보내려다 내가 직접 보고 싶어서 너를 불렀느
니라."

"황공하옵니다."

"몸은 괜찮으냐?"

"거뜬하옵니다."

"아직 젊어서 그렇구나?"

"네, 아직 소년이옵니다."

"혼인은 했느냐?"

"했는데 유지하면 신빨이 나지 않아 때려치웠습니다."

"오호! 유지라 했느냐?"

"마마님은 언제 혼인하셨습니까?"

당돌한 질문이다. 옆에서 지켜보던 상궁들의 얼굴이 창백하게 일그러졌다. 왕과 왕비에 관한 신상 질문은 불경이다. 당장에 하옥해도 할 말이 없다.

"내가 이런 물음을 받아보다니 난생처음이다. 호호호!"

"송구하옵니다."

"너라면 말벗이 될 것 같아 불렀느니라."

"더 찐한 말씀을 올려도 됩니까요?"

명신이의 말투에서 궁중 언어는 사라져 버렸다.

"그래, 그래라. 너한테만은 무슨 질문이라도 허용하겠다."

옆자리를 지키고 있는 상궁들의 얼굴이 하얗게 변했다.

"정말입지요?"

"그렇다니까. 무슨 말이라도 물어보렴."

"첫날밤은 어떠하셨습니까?"

상궁들이 생각했던 수위를 넘겨 버렸다.

"여기가 어디라고 그런 말버릇이냐?"

발끈한 제조상궁이 나섰다.

"제조는 잠자코 있으라."

잠시 생각에 잠겨있던 왕비가 말문을 열었다.

"첫날밤이라 했느냐?"

말꼬리를 여민 왕비가 지그시 눈을 감고 추억여행을 떠났다. 17년 전, 꽃피는 춘삼월. 한미한 집안에서 태어난 허물로 운현궁에 들어와 신부수업을 했다. 시집에 들어와 결혼 준비를 한 것이다. 부모 형제 없는 민자영은 서러워 눈물이 나왔으며 비참하기까지 했다.

"너무 슬퍼요. 저도 언니 동생이 없어서 잘 알지만 얼마나 외로웠을까? 왕비만 아니라면 언니 하고 싶어요."

감성적인 친화력은 가히 독보적이다. 붙임성 좋은 명신이는 언어의 마술사였다.

"무엄하구나."

제조상궁이 다시 끼어들었다.

"잠자코 있으라 하지 않았느냐?"

상궁을 제지한 왕비가 지그시 눈을 감았다.

"언니라 했느냐?"

"네."

"내가 언니 소리 들어보는 게 소원이었는데 너에게서 듣게 되었구나. 그리 불러라.

"정말입니까요?"

"그렇다니까."

"언니!"

명신이의 얼굴이 붉어졌다.

"오냐."

"언니라 부르니까 이상해요. 버릇도 없는 것 같고."

"괜찮다."

"왕비 언니라고 부를게요."

"네 맘대로 하려무나."

"왕비 언니! 첫날밤이 어땠어요?"

"철없는 신랑은 신부를 놔두고 유모한테 가 버렸단다."

신랑은 두 살 아래 철부지. 여자(女子)도 여성(女性)도 모르는 열네 살 아이였다. 그래도 연지곤지 찍고 다소곳한 자세로 첫날밤을 준비한 민자영. 왕비의 자리가 예약된 세자빈도 아니고 혼인하면 곧바로 왕비가 된다. 꼬마 신랑이 나이는 어리지만 현직 왕이기 때문이다. 얼마나 떨리고 설레었던지. 하지만 신랑은 신부를 거들떠보지도 않고 보모에게 달려가 버렸다.

보모상궁은 명복(고종)의 동정을 챙겼고 회임하여 아들까지 낳았다. 완화군이다. 아들을 낳지 못하고 있던 왕비에게 참을 수 없는 모멸감을 안겨주었다. 설상가상으로 시아버지 대원군이 완화군을 총애하고 고종의 첫째 아들로 인정하여 세자 책봉까지 염두에 두자 열패감에 빠져있던 왕비의 인내심이 폭발해 버렸다.

"어머! 어쩌나! 신부들에겐 그날 밤이 최고로 아름다운 밤이라고 하던데."

"아름다운 밤이 있는 신부가 있는가 하면 기억하고 싶지 않은 밤을 보낸 신부도 있겠지."

"죄송해요. 공연한 말로 심기를 흐려서…."

"아니다. 모처럼 첫날밤을 추억해보는 기회였구나."

다과를 내오는 것을 물리치고 명신이는 자리를 털고 일어났다. 지루함보다도 아쉬움이 남아 있을 때 자리에서 일어나야 상대가 다음을 기다린다는 심리를 잘 알고 있었다.

물러가라는 암시가 있기 전에 나오는 것도 예법에 어긋나며 불경이다. 하지만 왕비를 언니라 부르는 명신과 왕비의 관계에서 예법은 물 건너가 버렸다.

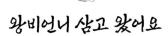

왕비언니 삼고 왔어요

자신의 처소로 돌아온 명신에게 민웅식이 득달같이 찾아왔다.

"너 혼자 찾아가도 된단 말이냐?"

자신을 경유하지 않고 직거래가 유쾌하지 않다는 짜증 섞인 목소리다.

"오라는 데 아니 갈 수 있습니까요?"

명신이의 목소리에는 이죽거림이 녹아 있었다.

"그래도 나한테 보고하고 가야지."

"밖에서 기다리고 있는데 그럴 시간이 없었습니다."

"가서 무슨 얘기를 나누었느냐?"

"무슨 얘기보다도 언니 삼고 왔습니다."

"그게 무슨 소리냐?"

"앞으로는 언니라고 부르라는 허락을 받았습니다."

"뭐, 뭣이라고? 언니라고?"

"네~에, 언니라고 불렀더니 제가 민망해서 왕비 언니라고 불렀어요. 다음에 가면 그냥 언니라고 부를 거예요."

　지엄하신 중전마마를 언니라니? 말도 안 되는 소리다. 그것도 사가의 동생도 아니고 팔천(八賤) 중의 하위급인 무당이 왕비를 언니라니 경천동지할 노릇이다.

"너는 잘 하면 나를 오빠라 부르겠구나?"

"부르라면 못 부를까 봐요? 허락만 해주세요."

명신이가 혀를 날름거렸다.

"어디 한번 불러 봐라."

"오라버니!"

민응식이 어이없어 입을 닫았다.

"어색해요. 목사 오빠!"

입술을 쌜룩거리더니만,

"오~빠?"

명신 특유의 비음이 앵두 같은 입술 사이로 흘러나왔다.

"너는 신랑한테도 오빠라 부르겠구나?"

"당연하죠. 오늘도 빠빠빠 내일도 빠빠니까."

* * *

다음 날.
부름을 받고 민응식과 김명신이 왕비 침소 앞에 섰다.

"신 충주목사 민응식, 신 명신 대령이오."

후렴구는 명신이 목소리였다.

"들라 이르라."

근엄한 목소리가 흘러나왔다. 입시 나인들의 도움을 받으며
안으로 들어간 민응식이 왕비 앞에 엎드렸다.

"중전마마! 강녕하시옵니까?"

예를 마친 민응식이 명신이의 옆구리를 찔렀다. 어서 절을

올리라는 것이다. 명신이는 절을 올리기는커녕 왕비가 앉아 있는 보료 위로 올라가 왕비의 손을 잡았다.

"언니! 안녕하셨어요?"

민응식의 눈이 휘둥그레졌다. 있을 수 없는 일이 눈앞에 펼쳐진 것이다. 궁을 빠져나올 때 남자의 등에 업혀 나온 것까지는 이해하자. 목숨이 경각에 달려 있는 위기 상황이었으니까, 그런데 이건 그게 아니지 않은가. 도저히 인정해줄 수 없는 현실이 눈앞에 펼쳐진 것이다.

"그래, 너도 잘 있었느냐?"

"언니 얼굴에 화색이 도는 걸 보니 저도 기쁘답니다."

"너의 얼굴도 밝아서 보기 좋구나."

"언니! 여기 들어오신 지 얼마나 되었어요?"

"김 상궁! 우리가 몇 일째인가?"

옆자리에 서 있는 상궁을 호명했다.

"아흐레째입니다."

9일이 지났지만 하루가 여삼추. 9개월이 지난 것 같았다.

"한양으로 돌아가셔야지요?"

명신이가 왕비를 빤히 올려다보았다.

"이르다 말이냐. 하루라도 빨리 돌아가고 싶다. 그래, 언제나 돌아갈 수 있겠느냐?"

왕비의 목소리에는 간절함이 묻어났다.

손바닥을 편 명신이의 엄지가 손가락 마디마디를 왔다 갔다하면서 주문인지 혼잣말인지 모를 말을 중얼거렸다.

"자축인묘진사오미~ 하도낙서에서 선천수로 따지면 칠칠은 사십구, 이레를 이레로 승하고 이틀 덤을 주면 쉰하나. 51일 후면 한양에 돌아가게 됩니다."

"51일 후라 했느냐?"

"네, 언니!"

"그게 정말이냐?"

"예."

얼마 만에 들어보는 희소식인가. 왕비의 얼굴이 환하게 펴졌다. 옆자리에 서 있는 상궁들의 얼굴도 보름달처럼 밝아졌다.

"꼭 그렇게 되었으면 좋겠다."

"꼭 그리될 겁니다. 언니!"

왕비가 명신이의 손을 잡았다. 법도에 없는 일이다. 하지만 왕실 법도 따윈 개가 물어간 지 오래다.

"그렇게만 되면 얼마나 좋겠느냐."

왕비의 눈가에 이슬이 맺혔다.

2장

임오군란

이걸 쌀이라고 주는 겁니까?

대원군을 실각시키고 집권에 성공한 왕당파는 훈련도감 출신 구식군대를 해산하고 신식 군대를 창설했다. 이른바 별기군이다. 하루아침에 실직자가 된 구식군대 출신들은 별기군을 왜놈들의 강아지 왜별기(倭別技)라 조롱하며 매일같이 선혜청 도봉소에 모여들었다.

"우리 월급은 언제 줄 꺼요?"

'거'에 힘을 주어 '꺼'로 외치며 목소리를 높였다. 시위성 요구다. 해직했으니 13개월치 밀린 월급을 몽땅 달라는 것이다.

"세곡선이 출발했으니 배가 도착하면 주겠다."

"조운선이 출발했다는 소리를 한 것이 언제인데 세곡선 타령입니까?"

"차라리 세곡선이 안흥량에서 난파되어 영산포에서 다시 출발하게 되었다고 구라를 치세요."

풍랑과 싸워 담력을 키운 뱃사람들도 두려워하는 마의 구간이 있다. 심청이를 인신 공양했다는 황해도의 인당수, 강화도의 손돌목, 태안의 안흥량, 진도의 울돌목이다. 이 중에서 가장 악명 높은 곳이, 지나가는 갈매기도 다리가 부러진다는 태안 앞바다의 안흥량이다. 삼남에서 올라오는 조운선이 피할 수 없는 구간이다. 조수간만의 차가 심하고 보일 듯 말 듯한 암초가 널려 있다. 경험 많은 뱃사람들도 가득 실은 세곡을 바다에 수장시키는 일이 종종 벌어졌다.

"준다면 주는 줄 알고 기다릴 일이지 왜 그렇게 말들이 많은가?"

"양식이 떨어져 식구들이 굶어 죽게 생겼단 말이요. 지금 당장 주쇼."

오뉴월 뙤약볕 아래서 도봉소 창고지기와 구식군대 출신 군졸들과의 신경전이 계속되었다.

7월 19일. 드디어 안면도 앞바다에서 풍랑을 만나 지체하였던 세곡선이 삼개나루에 도착하여 짐을 풀었다.

"아니, 이걸 쌀이라고 주는 겁니까?"

한 달치 월급이라고 쌀 한 자루씩을 받아 든 구식군대 출신들은 어이가 없었다. 쌀에는 돌과 겨가 반 이상 섞여 있었다.

"주는 대로 받으면 됐지 무슨 말들이 많은가?"

창고지기는 주는 대로 감사히 받아 가라는 듯이 사뭇 위압적이었다.

"이런 쌀은 쥐새끼도 안 먹겠다."

"뭐라? 이 새끼라 했느냐?"

창고지기가 눈알을 부라렸다.

"쥐새끼라 했수. 뭐가 잘못됐수?"

"이런 쌀은 돼지도 안 먹겠다."

주위를 둘러싸고 있던 구식군대 출신들이 성난 눈동자를 굴리며 웅성거렸다.

"이런 쌀은 못 받아 가겠다. 책임자 나오라고 해."

훈련도감 포수 출신 김춘영이 소리를 질렀다. 험악한 분위기를 감지한 창고장이 도봉소 안으로 뛰어 들어갔다.

"내가 도봉소 당상이다. 어떤 놈이 날 보자고 했느냐?"

선해청 우두머리 민겸호를 뒷배로 둔 심순택이 거드름을 피우며 나타났다.

"이런 쌀로 밥을 해 먹으란 말입니까?"

"이게 쌀이 아니면 무엇이냐?"

"에잇 씨브럴눔! 너나 해 처먹어라."

성격이 괄괄한 정의길이 모래와 겨가 섞인 쌀을 심순택 얼굴에 뿌려버렸다. 눈에 모래가 들어간 심순택이 눈을 감싸고 주저앉았다. 유복만이 심순택의 머리에 쌀을 부어 버리고 강병준이 쌀자루로 목을 쳐버렸다.

심순택이 외마디 비명을 지르며 쓰러지자 월급을 받기 위해 기다리던 수많은 구식군대 출신이 몰려와 밟고 짓이겨 버렸다. 주위는 순식간에 아수라장이 되었다. 창고를 경비하던 오위영 영관이 병졸들과 함께 뛰어왔다.

"멈춰라! 명령에 복종하지 않는 자는 체포하여 포도청에 넘길 것이다."

"씨브럴놈! 너도 같은 넘이야."

군중 속에서 성난 목소리가 터져 나오고 돌멩이가 날아들었다. 피투성이가 된 영관이 얼굴을 감싸 쥐고 줄행랑을 쳤다.
보고를 받은 선해청 제조 민겸호는 체포령을 내려 김춘영과 유복만을 잡아 우포청에 넘겼다. 그들은 혹독한 고문을 당했고 참형에 처해질 것이라는 소문이 도성에 퍼졌다.

유복만의 동생 유춘만은 구식군대 출신들에게 통문을 돌리는 한편 구명 운동에 나섰다. 김장손과 유춘만이 훈련도감 시절 자신들의 상관인 무위대장 이경하를 찾아가 도움을 청했으니 민겸호에게 직접 찾아가라며 몸을 사렸다. 구원의 손길은 없다고 판단한 그들은 민겸호의 집으로 몰려갔다.

"쥐새끼 같은 놈! 벌써 몸을 피하고 없군."

"그놈을 잡아서 목을 비틀어야 하는데…."

낌새를 알아챈 민겸호는 몸을 피하고 없었다. 그들은 곳간에 그득히 쌓여있는 금은보화와 패물을 끌어내 불살라 버렸다.

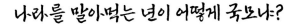

나라를 말아먹는 년이 어떻게 국모냐?

구식군대 군졸 출신이 난군으로 변했다. 난군과 의군. 그건 한 끗 차이다. 난군(亂軍)이 명분을 얻었을 때 의군(義軍)이 된다.

난군이 습격해 온다는 급보를 받은 민겸호는 창덕궁으로 향하여 가던 중 바람도 쉬어 간다는 운현 언덕에서 대원군과 마주쳤다.

"대원위 대감! 제발 나를 살려 주시오."

사색이 된 민겸호가 애걸했다.

"내 어찌 대감을 살릴 수 있겠소이까."

대원군은 싸늘한 대답을 날렸다.

대원군과 민겸호는 처남 매부 사이다. 민겸호는 대원군의 부인과 남매 사이로 손아래 남동생이다. 때문에 임금에게는 외삼촌이 된다. 훈련도감 군졸들을 하루아침에 실직시키고 별기군을 창설하는 데 중추적인 역할을 한 인물이다. 민영환은 그의 아들이다.

한편, 민겸호를 놓친 난군들은 운현궁으로 몰려갔다. 왕당파와 대척점에 있는 대원군 이하응을 만나기 위해서다.

"대원위 대감을 만나면 무슨 수가 있겠지. 가자! 운현궁으로!"

성난 구식군대 출신들이 운현궁에 도착했다.

"흥분하지 말고 차근차근 자초지종을 말하게."

운현궁 사랑채 노안당에서 난군을 맞이한 대원군은 우선 그들을 진정시켰다.

"월급을 13개월이나 밀려 놓구서 한 달치 준다는 게 모래와 겨가 섞인 쌀이었습니다. 우리가 화 안 나게 생겼습니까?"

"그래도 국법을 어지럽힌 건 자네들 잘못이야. 밀린 월급은 일시에 다 받을 수 있도록 힘써 볼 테니까 돌아가고 차후의 일은 허욱과 긴밀히 상의하도록 하게."

허욱은 대원군의 수족 같은 심복이었다. 운현궁을 나선 그들은 운현궁 앞 대로에서 격하게 토론했다.

"힘써 본다는 게 뭐야? 주면 준다, 안 주면 안 준다 해야지."

"섭정할 때라면 그렇게 딱 부러지게 말할 수 있지만 지금은 며느리에게 밀려나 있는 신세잖아."

"아들한테 얘기해서 준다는 뜻으로 알아들었는데."

"지금 그게 문제가 아니라 선혜청을 아작 내고 나는 새도 떨어뜨린다는 세도가 민겸호 집을 짓밟아 버린 게 문제지."

"요 앞에 조광조 선생 집터가 있잖아. 그 양반도 임금만 믿다가 엿 됐잖아."

중종 시대, 연산군을 몰아낸 반정 세력의 등에 업혀 왕이 된 중종은 부정부패에 물들지 않은 신진사류 조광조를 가까이 두고 총애했다. 대사헌에 오른 그는 왕만 믿고 과감한 개혁정책을 펼쳤다. 하지만 그의 개혁정책을 달가워하지 않은 훈구 세력에 되치기 당해 능주에 유배되었다. 그가 살아오면 후환이 두렵다고 생각한 남곤과 심정 등 훈구세력은 임금의 마음을 흔들어 사약을 내려 보냈다.

섣달 스무날. 의금부도사 유엄이 찾아왔다. 유배를 해제한 다는 희소식이 아닐까 기대했는데 사약이었다. 싸락눈이 내리는 마당에 자리를 편 조광조는 임금이 있는 북쪽을 향하여 세 번 절하고 절명시를 남긴 후, 사약을 마셨다. 약발이 늦게 돌자 두 눈을 부릅뜨고 사약을 더 내놓으라고 고함을 치던 그는 피를 토하며 쓰러졌다.

"소도 언덕이 있어야 비빈다고 우리가 기댈 곳이 어디 있어?"

대원군을 든든한 바람막이라 판단한 난군은 과감한 행동에 나섰다. 동별영 무기고를 습격하여 무기를 탈취했다. 별기군이 자랑하던 조총도 손에 넣었다.

"동지를 구하러 가자!"

포도청에 도착한 그들은 옥을 깼다. 파옥이다.

"고맙소, 동지들!"

"고생하시었소. 동지들!!"

유복만과 김춘영을 꺼낸 그들은 의금부를 습격해 민씨 일족 왕당파에 반대했다고 갇혀있던 수많은 사람을 구출했다. 또 하나의 무리는 김보현이 관찰사로 있는 서대문 밖 경기감영으로 쳐들어가고 강화유수 민태호 등 왕당파들의 집을 습격했다.

허욱의 밀명을 받은 난군은 더욱 과감한 행동에 나섰다.

"가자! 궁으로!"

"궐 안에 있는 구미호를 잡아 죽이자."

"국모를 어떻게 죽이냐?"

"나라를 말아먹는 년이 어떻게 국모냐?"

"군기시 앞에 끌어내어 죽이자."

"그냥 죽이는 것도 아깝다. 돌로 쳐 죽이자."

군기시는 중종반정 때 성난 백성들에 의해 끌려 나온 장녹
수가 돌 맞아 죽은 곳이다.

성난 난군들이 돈화문에 이르렀다. 창덕궁의 정문이다. 하
지만 돈화문은 굳게 닫혀 있었다.

"홍화문으로 가자. 거기에는 내 동무가 있다."

홍화문에 도착한 유복만이 문루를 향해 고함을 질렀다.

"죽기를 각오하고 문을 열면 살 것이고 살겠다고 문을 열지

않으면 죽을 것이다. 어서 문을 열어라!"

잠시 후, 삐거덕하는 마찰음과 함께 홍화문이 열리자 성난 난군들이 밀물처럼 쏟아져 들어갔다. 지엄의 대상, 나라의 지존이 있는 궁궐이 성난 군중에 짓밟혔다.

그 시각. 서대문 밖 경기감영에 있던 김보현은 급보를 받고 헐레벌떡 입궁했다. 승정원을 지날 때 그의 소맷자락을 붙잡는 사람이 있었다. 승지 김영덕이었다. 김영덕은 그가 승정원에 꽂아 넣은 조카다.

"들어가시면 목숨이 위태롭습니다."

"죽음이 두렵다고 뒤로 가는 것은 군자의 도리가 아니다."

그는 호기롭게 조카의 손을 뿌리치고 궁 안으로 들어갔다.

명정전을 뛰어넘은 난군은 양화당과 통명전을 수색하고 창덕궁 권역으로 넘어갔다.

"대조전으로 가자."

"암고양이가 아직도 거기 있을 턱이 없다."

"후원으로 가자."

난군들은 우측 후원 길로 접어들었다. 아름다운 연못에 주춧돌을 내리고 있는 부용정과 임금만 드나들 수 있는 어수문을 지나 주합루까지 수색했으나 개미 새끼 한 마리 없었다.

"중희당을 샅샅이 뒤져보자."

눈에 불을 켠 난군들이 마룻바닥에 숨어있던 김보현을 찾아냈다. 형조판서와 이조판서를 지내고 선혜청 당상으로 있으면서 군인들의 월급을 착복하여 원성이 자자했던 인물이다.

"네가 김보현이냐?"

"그렇소."

죽음을 각오한 그는 자포자기 상태였다.

"네가 처먹은 쌀 때문에 굶어 죽은 사람이 몇 사람이나 되는

지 아느냐?"

"목숨만 살려주시면 재산을 다 내놓겠소."

"필요 없다. 다 가지고 가거라."

그때였다. 김보현의 뱃속으로 삼지창이 파고들었다. 으윽하는 비명과 함께 창을 쥔 난군의 손목이 반 바퀴 비틀더니만 앞으로 잡아당겼다. 박혔던 삼지창과 함께 밖으로 나온 것은 그의 창자였다.

"이놈은 돈을 좋아했던 놈이니까 저승길 노잣돈이나 쓰라고 이걸 넣어줘야 해."

유병준이 그의 입에 엽전 한 닢을 넣고 발로 턱을 찼다.

"이놈은 땅에 묻어 주는 것도 사치야. 고기밥이나 하라고 강물에 던져버려."

유병만의 말이 떨어지기 무섭게 다른 난군이 달라붙어 수레에 실었다.

"중희당이 그놈들 은신처로 약속한 장소인지 모르겠다. 더 샅샅이 뒤져보자."

굶주린 맹수와 같은 난군들에게 민겸호가 끌려 나왔다.

"네가 민겸호냐?"

"그렇소이다."

"그런데 왜 수염을 가리고 내시 행세를 했느냐?"

민겸호는 내시 복장으로 변복하고 있었다.

"살아보려고 그랬소."

위세 당당하던 그의 입가에 비굴한 미소가 스치고 지나갔다.

"비겁한 놈, 살려고 발버둥 쳐도 소용없다."

"한 번만 살려주시오."

"나는 대감을 죽일 수는 있지만 살려줄 권한은 없소."

정의길의 말이 끝남과 동시에 누군가의 칼이 그의 목을 내리쳤다. 목이 떨어진 그의 시신은 성난 난군들에 의해 난자당해 김보현과 함께 배오개에서 청계천으로 흘러드는 개울에 버려졌다.

왕비를 업고 뛰는 무예별감

난군들에 접수된 동궐은 발칵 뒤집혔다.

"마마! 폭도들이 궐에 난입했다 하옵니다."

"그게 정말이냐?"

다급한 소식을 전한 상궁은 어찌할 바를 몰랐다.

"김보현 대감과 민겸호 대감이 살해되었다 하옵니다."

"이런 흉악한 일이 있나. 민겸호 대감은 왜 죽였다 하더냐?"

진령군

"폭도들이 민씨 성을 가진 자는 모조리 잡아 죽인다며 몰려
다닌다 합니다."

"이런 고얀 것들이 있나?"

민겸호는 시가로는 외삼촌이고 친가로는 당숙뻘이다.

"어서 몸을 피하서야 합니다."

"알았다. 채비를 놓거라."

"가마는 탈 수 없고 걸어서 몸만 빠져나가야 합니다."

"어디로 가는데 그러느냐?"

"저도 모릅니다. 어서 옷을 갈아입고 나서야 합니다."

"입고 있는 당의도 벗으란 얘기냐?"

"네, 마마! 변복하고 무예별감 등에 업혀야 합니다."

상궁의 눈가에 눈물이 글썽거렸다.

"한 나라의 국모가 외간 사내 등에 업혀야 되겠느냐?"

"그런 걸 따질 계제가 아닙니다."

"마마! 망측하오나 어서 업히소서."

대기하고 있던 무예별감 홍계훈이 재촉했다. 마지못해 무수리로 변복한 왕비가 홍계훈의 등에 업혔다.

"민망하구나."

"저 역시 아내를 업어본 바도 없는데 민망하기 짝이 없습니다."

왕비를 업은 홍계훈이 문을 빠져나갔다. 그 뒤로 궁녀들이 뒤따랐다.

"도성 사대문과 사소문은 물론 궁궐의 문도 난군이 다 장악했을 텐데 어디로 갈까? 그래, 한방으로 해결하자."

진령군

방향을 정한 홍계훈이 창덕궁 북문에 이르렀다. 광지문을 파수하던 군졸들이 창을 들이대며 앞길을 막았다.

"누구냐?"

"무수리가 경기를 일으켜 의원을 찾아가는 중입니다."

"남문이나 서문을 통하여 성내로 가야지 왜 하필이면 이곳으로 왔느냐?"

"혜화문 밖에 용한 의원이 있다 하여 찾아가는 중입니다."

"어디 보자."

수문장이 장옷을 뒤집어쓰고 홍계훈의 등에 업힌 여인을 들춰보았다. 분위기를 파악한 왕비가 경기에 뒤집힌 환자처럼 흰자위를 허여멀겋게 드러내고 먼 산을 바라보고 있었다.

"급하긴 급하군, 하지만 문을 닫아걸고 아무도 내보내지 말라는 엄명이 떨어져 내보내 줄 수 없다."

길이 막혔다. 어떻게 할 것인가? 힘이 장사인 홍계훈이 수
문장을 때려눕히고 수졸 몇 명쯤은 제압할 수 있다. 하지만
왕비를 업고 가다가는 추격대에 잡힐 수 있다. 분위기를 파악
한 김 상궁이 수문장 손에 엽전 한 닢을 쥐어 주었다.

"누가 묻거든 광지문을 통해서 나왔단 소리 말아라."

"네, 알겠습니다."

"소문나면 이거다."

수문장이 손으로 자기 목을 치는 시늉을 했다. 광지문을 빠
져나온 왕비 일행은 잰걸음을 놓았다. 성북천을 따라 걷던 왕
비 일행이 영도교에 이르렀다. 홍계훈은 왕비를 내려놓고 다
리쉼을 했다.

"마마! 이곳이 정순왕후가 단종 임금을 마지막으로 본 장소
라 하옵니다."

"단종임금님이 이 다리를 건너가시고 다시는 이 다리를 건
너오지 못했단 말이냐?"

"네, 그래서 영영 돌아올 수 없는 다리라 하여 영도교라는 이름이 붙었다 하옵니다."

"나도 이 다리를 건너가서 다시는 돌아오지 못할까 두렵다."

"그럴 리가 있겠습니까. 곧 돌아오실 겁니다."

"돌아올 기약이 없지 않느냐?"

"곧 전하께서 부르실 겁니다."

왕비의 눈가에 이슬이 맺혔다.

"지체할 수 없습니다."

홍계훈이 채근했다. 추격대가 뒤쫓아 오는 것만 같다. 난군에게 잡히면 자신의 목숨은 물론 왕비의 생명도 보장할 수 없다. 어서 빨리 한강을 건너야 한다. 영도교를 건너고 살곶이 다리를 건넌 왕비 일행이 송파나루에 닿았다.

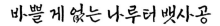

바쁠 게 없는 나루터 뱃사공

나루터는 평온했다. 백사장에는 강을 건너려는 사람들과 부 보상들이 옹기종기 앉아 있고 차일이 쳐져 있는 한 편에서는 주모가 국밥과 탁배기를 팔고 있었다.

왕비 일행이 배에 올랐다. 먼저 오른 승객들이 힐끔힐끔 처 다보았다. 행색으로 보아 여염집 아낙 같지도 않고 그렇다고 사대부집 규수 같지도 않다. 장옷을 뒤집어쓴 것으로 보아 아 직 혼례를 치르지 않은 처자 같기도 한데 장대 같은 저 사내는 또 뭐람? 승객들은 고개를 갸우뚱거렸다. 왕비는 자신을 바라 보는 시선을 맞추지 않으려고 멀리 보이는 남한산성을 바라 보고 있었다.

진령군

마음은 한강을 건너가고 있는데 배가 떠날 기미가 없다. 목마른 놈이 우물을 판다 했던가. 홍계훈이 사공을 찾았다. 헌데, 잠방이를 걸친 사공은 차일 아래서 오수(午睡)를 즐기고 있었다.

"배 안 떠나는 거요?"

눈을 비비고 일어난 사공 앞에 장대 같은 사내가 떡 버티고 서있다. 겁이 덜컥 났다. 하지만 사공은 나다. 뱃머리를 두리번거리던 사공이 탁배기를 목에 털어 넣었다.

"사람이 차야 가지요."

퉁명스럽다. 바쁜 건 자기가 알 바 아니라는 투다.

"몇 명이나 더 타야 떠납니까?"

평소 같으면 멱살을 잡아야 할 일이지만 지금은 쫓기는 몸이다. 어찌 됐든 지체할 수 없고 무탈하게 강을 건너야 한다.

"세 명은 더 타야 합니다요."

"세 명 뱃삯을 더 주면 떠나는 거지요?"

"그러지 말굽쇼."

사공과의 대화를 엿들은 김 상궁이 배에서 내려 세 사람 몫의 뱃삯을 사공 손에 쥐여 주었다.

"지송합니다요. 우리도 선주에게 사입금 내고 먹고살아야 하니께 별수 없구만요."

넋두리를 늘어놓은 사공이 배에 올라 삿대를 잡았다. 순풍에 돛을 단 나룻배가 강 건너 송파를 향하여 미끄러져 갔다. 취기가 올랐을까. 사공의 뱃노래가 흥겹다.

어기야 디야 차 어야디야 어기여차 뱃놀이 가잔다.
역수한파 저문 날에 홀로 앉았으니 돛대 치는 소리만 서글프다
창해만리 먼 바다에 외로운 등불만 깜박거린다.
연파만경 수로창파 불리워 갈제 뱃전은 너울너울 물결은 출렁

하늬바람 마음대로 불어라 키를 잡은 이 사공 갈 곳이 없네
부딪치는 파도 소리 잠을 깨우니 들려오는 노 소리 처량도 하구나

진령군

어기야 디야 차 어야디야 어기여차 뱃놀이 가잔다.

굿거리장단에 율동적인 가락이 구슬프다. 이마에 흐르는 땀방울을 삼베 수건으로 문지르며 사공은 계속 흥얼거렸다. 뱃놀이 가자는데 가락은 왜 이리 슬픈지 모르겠다.

나룻배의 승객들은 하나같이 들떠있었다. 강을 건너면 새로움과 만나기 때문이다. 이윤이 목적인 장사꾼은 어떤 손님을 만날까 기대에 부풀어 있고, 선보러 가는 신랑은 색시가 얼마나 예쁠까 설렌다. 부보상들의 중얼거림에는 아랑곳하지 않고 사공이 뱃노래를 흥얼거리고 있었다.

어야드야 어허허리 어기여차 노 저어라
도적놈들 소굴 뒤로하고 어서가자 어서
어기여차 뒤여 어기여차 뒤여 어서 가자
그놈도 도둑놈 그년도 도적년 모두가 도둑놈

어야드야 어허허리 어기여차 닻 올려라
이놈도 도둑놈 저놈도 도적놈 소굴이라
어기여차 뒤여 어기여차 뒤여 어서 가
그놈도 도둑놈 그년도 도적년 모두가 놈놈놈

사공의 콧노래가 강바람을 타고 흐른다. 때 맞춰 불어오는 순풍에 나룻배가 한강을 미끄러져 갔다. 후덥지근한 무더위를 날려버리는 강바람이 상쾌했지만 홍계훈의 이마에서는 굵은 땀방울이 흘러내렸다. 나룻배의 속도가 이렇게 느린지 새삼스럽게 느꼈다.

"저기 촌닭 같은 여자는 무어냐?"

"글쎄, 양반집 규수 같기도 하고 아닌 것 같기도 하고…."

"그따위 말이 어디 있냐? 기면 기고 아니면 아니지."

왕비와 궁녀를 난생처음 본 그들은 헤매고 있었다.

"건 그렇고 대원군이 며느리한테 쪽을 못 쓴다며?"

"쪽이 뭐야? 완전 석죽은거지."

"왜 그런데?"

"세상의 요직은 민가들이 꿰차고 있잖아."

"요직이 뭔데?"

"돈 나오는 구멍이지."

"사람 나오는 구멍은 알아도 돈 나오는 구멍 있다는 소리는 처음 듣는다."

"크크크."

"프프프."

그들은 입을 틀어막으며 낄낄댔다.

"곳간 열쇠를 쥔 놈이 땡이잖아."

"대원군 패거리들도 있잖아?"

"그놈들은 난 치고 붓글씨 쓰는 한량이고 나라 돈주머니는 민가들이 꽉 쥐고 있지."

"민가들이 나라 말아먹는군."

"궐에서는 난리가 났다며?"

"무슨 난리?"

"군인들의 봉급을 빼먹은 선혜청 당상이 창 맞아 죽고 민겸호가 칼 맞아 죽었대."

"너 그 얘기 어디서 들었어?"

"칠패시장에서 들었다. 왜?"

"그따위 허무맹랑한 말을 퍼뜨리고 다녔다간 목이 열 개라도 부족하다."

"하늘 무서운 줄 모르고 날뛰던 놈들 잘 돼졌지."

"그놈들도 나쁜 놈들이지만 왕비가 쥑일 년이야."

"궁궐을 샅샅이 뒤졌는데 못 찾았대."

"갔으면 어디 갔겠어. 독 안에 든 쥐지."

"잡히면 모가지가 댕강이겠군, 크크크."

부보상들의 입방아를 잠자코 듣고 있던 홍계훈의 인내심이 임계점에 다다랐다.

"거, 말들 조심하시오."

"댁이 뭔데 말조심 하라 마라 하는 거요?"

부보상이 홍계훈의 턱밑으로 기어들었다.

"때리기만 해봐라. 불알을 잡고 강으로 뛰어들어버리지. 팍팍한 세상, 너같이 기름기 자르르 흐르는 놈하고 같이 가는 것도 영광이지. 어디 한번 때려봐."

"이걸 그냥."

멱살을 잡은 손이 파르르 떨리더니만 풀어졌다.

나룻배가 송파에 닿았다. 오가는 사람들 사이에서 철릭 휘날리는 도승관은 보이지 않고 군졸 하나가 어슬렁거렸다. 도성이 발칵 뒤집히고 사대문에 통행금지가 실시되고 있는 것을 모르고 있는 것 같았다.

나룻배에 몸을 싣고 운명을 같이했던 승객들은 배가 닿자 자신들의 갈 길을 찾아 뿔뿔이 헤어졌다. 머뭇거릴 수 없다. 왕비 일행도 방향을 잡았다.

광주읍을 지나 여우고개 마루턱에 올랐다. 산 위에서 내려오는 솔바람이 싱그럽다.

"내가 무겁지요?"

"아니옵니다. 마마!"

"평지에선 발걸음이 사뿐한데 언덕길만 나타나면 씩씩거리는 숨소리를 등 뒤에서 들었습니다."

"송구하옵니다. 마마!"

"궐에 돌아가면 잊지 않겠습니다. 별감!"

다리쉼을 한 왕비 일행은 또다시 걸음을 재촉했다, 광주목사 관할 구역을 벗어나자 소식을 접한 충주목사가 보내준 가마를 타고 민응식의 집에 도착했다. 장장 200리에 달하는 피난 행군이었다.

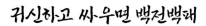

귀신하고 싸우면 백전백패

  왕비를 언니라 부르게 된 명신이는 사흘이 멀다 하고 왕비 침소를 드나들었다. 돌아갈 수 있다는 심리 효과였을까? 침울하고 우울하던 왕비의 얼굴이 환하게 밝아졌다.

  "51일 만에 돌아갈 수 있다는 사실은 틀림이 없는데 문제가 있어요."

  "뭔데? 어서 말해 보거라."

  "도성에도 사대문과 사소문이 있고 궁궐에도 사대문이 있는데 그 문에 언니의 환궁을 방해하는 귀신들이 붙어 있습니다. 더구나 언니의 행방을 찾지 못한 대원위 대감께서 언니가 죽었다고 국상 장례를 준비하고 있으니 귀신들이 좋아라 덩실 덩실 춤을 추고 있어요."

"고얀 것들이군."

"귀신하고 싸우면 백전백패입니다."

"백패?"

"귀신하고 싸우면 동티가 납니다."

"동티라 했느냐?"

"귀신은 살살 달래서 모셔야 합니다."

"그럼 어떻게 하면 좋으냐?"

"귀신에게 없는 게 세 가지가 있는데 뭔지 아십니까요?"

"모르겠다."

"말이 없고, 발이 없고, 그림자가 없습니다. 언제 어느 때 나타나서 해코지를 할는지 모르니까 좋은 데로 가시라고 빌어야지요."

"빌어?"

"네."

"방법은?"

"굿을 해야지요."

"굿이라고?"

"굿도 소굿이 아니라 대굿을 해야 합니다."

"대굿이라고?"

"여염집에서 굿을 할 때는 돼지머리를 놓고 굿을 하고, 좀 더 큰 중굿에는 통돼지를 올리지만 아주 큰 대굿에는 소를 제물로 올려야 합니다."

"소라고?"

"그것도 힘이 센 황소를 올려야 합니다."

"황소를 올린다고?"

"사대문에는 피를 흘리고 죽은 귀신들이 붙어 있으니 그 귀신들을 달래기 위해서는 살아있는 소를 써야 합니다."

"살아있는 소를?"

"배고파 죽은 귀신에게는 떡을 주어야 하고, 피 흘려 죽은 귀신은 피로 달래야 합니다."

"끔찍하구나."

"대대굿에는 사람을 바치기도 합니다."

"사람까지?"

"네에, 그것도 처녀라야 합니다."

"그런 게 어디 있느냐?"

"인당수에 바친 심청이가 있고 에밀레종이 있지를 않습니까?"

"무섭구나."

"두려움에서 벗어나고 싶은 나약한 인간의 최소한의 성의입니다."

"성의라고?"

"언니는 업보입니다."

"나는 개미 한 마리 죽어 본 일이 없는데"

"사대문에 붙어 있는 귀신들은 언니가 죽였다고 눈알을 부라리고 있습니다."

"나는 죽인 일이 없는데."

"귀신하고 싸우는 것은 바보들이 하는 짓이고, 백성들하고 싸우는 것은 우매한 짓입니다. 백성들이 팥으로 메주를 쑨다고 해도 받아들여야 합니다. 그게 천심입니다. 언니가 궁에 있을 때 저를 만났다면 이런 사달이 나지도 않고 여기까지 오지도 않았을 것입니다."

고개를 끄덕이던 왕비가 혼잣말처럼 중얼거렸다.

"모두가 내 앞에서는 '예' '예' 소리만 하는데 이 아이는 쓴소리도 하는 게 매력이란 말이야. 괜찮은 아이야! 흐흠!"

"살아 있는 소는 덩치가 커서 상에 올릴 수 없으니까 백정이 죽인 소를 상에 올려 우리가 머리를 따고 가죽을 벗기는 굿입니다."

"그런 걸 어떻게 본단 말이냐?"

"언니는 잠자코 구경만 하시면 돼요. 제가 알아서 다 할 테니까요."

"원한에 맺힌 귀신들을 달래야 한다니 할 수 없구나. 그리하도록 하라."

여자 스승과도 관계를 가졌는가?

침소를 빠져나온 명신이는 부리나케 민응식에게 달려갔다.

"목사님! 왕비 언니를 위해 굿을 하기로 했습니다."

"굿이라고?"

"네, 목사님!"

"생뚱맞게 굿은 또 뭐냐?"

"언니를 위해서라면 신명을 바쳐야지요."

"내 생각도 그렇다."

"그럼, 앞으로는 내가 하라는 대로 하시기만 하면 돼요. 오라버니!"

주객이 전도되었다. 이제부터는 명신이가 지휘자가 된 것이다.

"너 혼자서 할 수 있다는 말이냐?"

"택도 없는 소리죠. 법사님을 모셔와야지요."

명신이는 신바람이 났다.

* * *

연락을 받은 법사가 찾아왔다.

"자네 당호를 설명해주게."

"당호가 무엇입지요?"

"무당의 호 말일세."

"지는 양화당, 취월당 하듯이 전각의 당호를 하문하신 줄 알았습니다."

"건중 말일세."

"어지러운 세상, 건강하게 중용을 지키자는 의미로 건중(建中)이라 지었습니다."

"자네가 중용(中庸)을 아는가?"

무당 주제에 가소롭다는 투다.

"사서삼경 중의 하나라고 알고 있습니다."

"누가 지은 것으로 알고 있는가?"

"공자님의 손자 자사가 지은 것으로 알고 있습니다."

"중용의 중(中)이란 어느 한쪽으로 치우치지 않는다는 것이고, 용(庸)이란 평상(平常)을 뜻하는 것으로 배웠는데 건강한 중용은 또 무엇인가?"

"이기적인 중용이 아니라 이타적인 중용을 말함입니다."

"거기서 왜 이타와 이기가 나오는가?"

"소인이 떡을 두 개 들고 가는데 배고픈 사람을 만나면 한 개를 주는 게 중용이라고 생각합니다."

"뭣이라고?"

"나는 무게를 줄이고 배고픈 사람은 무게를 보충해서 수평을 맞추려고 하지 않습니까."

"으음."

목사가 괴로운 호흡을 토해냈다.

"소인이 면벽 수행하면서 공부한 바에 의하면 중용의 중(中)

이란 어느 한쪽으로 치우치지 않은 가운데 중(中)이 아니고
'딱 맞았다'라는 중(中)이라는 것을 깨달았습니다."

"뭣이라고?"

목사의 뒤통수에 번개가 번쩍하는 느낌이었다.

"목사님께서 말 타고 사냥하시다 사슴을 발견하여 활시위를
당겼습니다. 이때 사슴 어느 부위에 맞든 사슴이 꼬꾸라지면
'명중했다.' 합니다. 이것은 사슴의 중앙에 맞았다가 아니라
화살이 빗나가지 않고 사슴에 '딱 맞았다.'라는 말입니다."

"으음."
"사람이 중풍 맞아 쓰러지면 '중풍 맞았다.'라고 합니다. 이
것은 건강생활 섭생으로 중풍을 피해 가지 못하고 중풍에 '맞
았다'라는 뜻이지 '가운데'라는 의미는 없습니다."

"궤변이군."

"기울어진 천칭(天秤)을 평행으로 바로 잡으려면 무게가 약
한 쪽에 추를 올려야 평형을 유지할 수 있습니다. 지렛대가

있는 중앙에 추를 올려놓는 것은 중립을 지켰다고 말할 수는 있지만 중용을 행했다고 말할 수야 없지를 않습니까? 진정한 중용은 '한쪽으로 치우쳐 딱 맞게 쓰이는 것'이라는 것을 깨달았습니다."

"이 사람이 무서운 사람이군."

"중용이란 그때그때 상황에 맞게 끊임없이 변하면서 한쪽으로 치우쳐야 한다고 생각합니다."

"무당질 때려치우고 경학당에서 가서 교수질해도 되겠구면."

"아마 모르긴 해도 몰매 맞거나 사문난적으로 문외출생 당하여 저잣거리에 목이 걸렸을 겁니다."

"자네가 그런 깜이라고 생각하나?"

"우암도 한양으로 호출당하여 올라오는 중에 정읍에서 사사당하지 않았습니까."

"이노옴! 네 따위가 감히 우암을 입에 올리느냐?"

목사가 발끈했다. 조선은 유교국가다. 더 깊이 들어가면 성리학 맹신주의 국가다. 조정에 출사하거나 선비로 불리며 재야에 묻혀있는 숨은 고수들은 모두 성리학자다.

인도에서 발생한 불교가 한반도의 꼬리 석굴암에서 꽃 피웠고 중국에서 발생한 유교가 한반도에 들어와 본토보다도 더 원리주의가 되었다. 예송논쟁과 대공설이 그것이다.

정쟁에 휘말려 제주에 유배되었다가 소환령을 통보받고 한양으로 오던 중 정읍에서 사사당한 우암 송시열은 성리학자들의 표상이다.
"죄송합니다. 죽을죄를 지었습니다."

도사가 꼬리를 내렸다.

"알았네, 다시는 입에 올리지 말게."

"옙."

"당호는 자네가 지었는가?"

"스승님이 지어 주셨습니다."

"세습무에겐 혈통 하나지만 강신무들에겐 스승도 많구만."

"딱 두 분 계십니다."

"모두가 남자 스승인가?"

"한 분은 여자 스승님이십니다."

"그 여자 스승과도 관계를 가졌는가?"
"지 동정을 그 스승님이 보관하고 계십죠."

"그 스승과 할 때, 그 여자 스승이 자네한테 뭐라고 부르는가?"

"음과 양에 충실해야 하니까 위상이 달라집죠."

건중이 멋쩍다는 듯이 뒷머리를 긁었다.

"명신이도 자네 외 또 한 분의 스승이 있다 하더군."

"아닙니다. 저 포함 셋입니다."

"그럼 셋이 동서도 될 수 있는가?"

"그것은 명신이의 사생활이라 스승이라고 해서 간여할 수 없지만, 지아비와의 관계는 끊어야 한다는 게 불문율입니다."

"독점은 안 된다는 말이군."

"그렇습니다."
"스승들끼리 공유는 되고?"

"영혼을 지배하는 신도 공유하는데 죽으면 썩어 문드러질 몸뚱이 하나쯤 공유 못 할 이유도 없잖습니까."

"여자들이 절정에 올라 열락을 헤맬 때 소리를 내는데 자네들끼리 할 때도 소리를 내는가?"

"소리 없는 그거는 뭐 없는 뭐라고 하잖습니까."

"그때 내는 소리는 신의 소리인가? 인간의 소리인가?"

"몸뚱이가 붙어 있지만 접신 상태니까 신의 소리로 받아들입니다."

"더 요란하고 격렬하겠군?"

"그렇습죠."

"남녀관계에선 좋아했다 미워지기도 하는데 헤어지기도 하는가?"
"한번 스승은 영원한 스승입니다."

"알 수 없는 세계야."

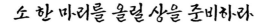

소 한 마리를 올릴 상을 준비하라

대굿을 위한 준비가 착착 진행되었다. 우선 소를 올릴 상이 문제였다. 목수라고 다 목수가 아니다. 집을 지을 때 먹줄을 놓는 대목이 있고, 문만 만드는 창호목이 있는가 하면, 장과 농을 만드는 가구목이 있다. 공예품을 만드는 공방 목수가 있는가 하면, 상만 만드는 상쟁이가 있다.

사람을 놓아 강화에서 으뜸가는 상쟁이(床丈)를 불러와 소가 올라갈 수 있는 상을 만들어 내라 하니까 기겁을 하고 도망가 버렸다. 이름만 대면 다 알 만한 종갓집에 대형 교자상을 만들어 납품했다는 안동 장인(丈人)을 불러왔지만 고개를 설레설레 저으며 가버렸다. 마지막으로 지리산 아래 춘향골에서 이름난 상장(床丈)을 불러왔다.

"자네가 상장인가?"

"상장까지는 아직 가야 할 길이 멀구요. 그냥 상쟁이 옳습니다."

"우리가 원하는 대로 만들어 내면 값은 금으로 줄 것이다."

"얼마나 큰 상을 만들려고 그러십니까?"

중간 사람을 통하여 애기는 듣고 왔지만 궁금했다.

"51월령 황소가 올라갈 걸세."

장인이 벌린 입을 다물지 못했다. 51월령이면 5년생 소다.

"근데도 솔찬헐 틴디요."

"999근이다."

"30년 넘게 상을 만들어 왔지만 이렇게 큰 상은 처음입니다요."

"이번에 상(床)을 잘 만들면 큰 상(賞)이 내려갈 것이다."

"정교하고 예쁘게는 자신 없지만 정성을 다해 만들어 보겠습니다요."

"일을 시작하면 밖에 나갈 수 없다. 홀아비면 공방을 만들어 줄 것이고 마누라가 있으면 거처를 줄 것이다."

"마누라를 불러와야겠구만요."

부인을 불러올린 상쟁이가 작업을 시작했다.

장호원 우시장엔 51월령 황소가 없어 김량장 소시장에서 때깔 좋고 실한 놈을 구해왔다. 하지만 충주목사 저택엔 농사를 지을 일이 없으니 외양간이 없다. 그렇다고 오래 기를 일도 아니다. 마구간에서 여물을 먹이고 있다.

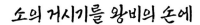

소의 거시기를 왕비의 손에

드디어 굿하는 날이다. 술시에 술이 당기듯이 굿은 귀신이 움직이는 시간에 시작된다. 정원 나뭇가지에 저승꽃을 표현하는 종이꽃이 달려있고 신령을 불러들이는 허개등이 걸려 있다.

놀이 문화가 없는 사람들에게 굿처럼 좋은 구경거리가 없다. 오죽하면 '굿'이라고 이름 붙여져 있을까. 왕비가 은신해 있지 않으면 동네방네 구경하는 사람들이 구름처럼 몰려올 것이다. 하지만 조용히 치러야 한다. 길이가 9자에 높이가 5자 교자상에 쇠털 그대로의 황소가 비스듬히 누워있고 상에는 오방색 화려한 수술이 늘어져 있다.

신령님께 이곳이 '굿하는 곳이다.'라고 알리는 삼지창이 양쪽에 세워져 있고 삼지와 나무 사이에는 화려한 수술이 매달려 있다. 교자상 동쪽으로 북채를 잡은 법사가 앉아 있고 서쪽으로는 왼손에 궁채와 오른손에 열채를 쥔 장구잡이가 앉아 있다. 가운데 중앙에는 개다리 서연에 경판(京板)을 올려놓고 건중법사가 앉아 있다. 그 옆에는 오늘의 굿을 이끌어가는 꽹매기가 있다.

왼손에 꽹매기를 쥔 건중법사가 오른손에 쥔 공이를 꽹매기 가장자리를 빠른 속도로 치면서 변음을 내다가 중심에 손가락을 받치며 막음질을 하자 응답하듯이 장구채를 잡은 장구쟁이가 소가죽으로 댄 왼쪽과 양가죽으로 된 오른쪽을 번갈아 치며 현란하게 움직였다. 높은음을 내는 오른쪽에서 노는 장구채가 보이지 않을 만큼 빠른 속도로 움직일 때는 보는 사람도 심장이 쿵쿵, 심박수가 올라가고 분위기가 고조되었다.

이때였다. 둥둥둥 북소리와 함께 명신이가 오방색도 화려한 무복(巫服)에 고깔을 쓰고 나타났다. 그의 손에 들린 방울이 상하 좌우로 움직이고 포물선을 그리며 휘날릴 때마다 천상의 귀신이 수술을 타고 지상으로 내려오는 것 같았다.

왼손 오른손을 오가던 방울 소리가 점점 빨라졌다. 꽹매기 소리도 빨라지고 장구채도 양가죽과 소가죽을 손이 보이지 않을 만큼 빠른 속도로 오갔다. 명신이 손에 들린 방울이 어깨를 타고 흐르다가 허리를 휘감았다. 방울이 허리를 춤추게 하고 허리가 방울을 춤추게 했다.

시퍼렇게 날이 선 작두를 가지고 온 백정이 황소 목에다 걸고 힘을 가했다. 순간, 숨은 끊어졌지만 피를 빼지 않은 소 목덜미에서 선홍색 피가 솟구치며 명신이의 무복에 뿌려지고 건중법사의 경판을 적셨다. 이 모습을 바라보던 왕비는 두 손으로 눈을 가렸다.

피를 본 무녀(巫女)와 북쟁이, 장구잡이, 법사는 흥분하여 더 격렬하게 움직였다. 황소 목을 딴 백정이 능숙한 솜씨로 가죽을 벗기기 시작했다. 도살장이라면 가죽을 쓰기 위해 하나로 벗겨 내겠지만 여기는 굿판이다. 조각조각 잘라낸 백정이 핏물이 뚝뚝 떨어지는 소가죽 조각을 명신의 무복에도 얹어 주고 북쟁이 머리에도 얹어 주고 경문을 읽는 건중법사 어깨에도 얹어 주었다.

소가죽을 벗겨 낸 백정이 퇴장했다. 교자상에는 가죽을 벗겨 낸 황소가 속살을 드러내고 비스듬히 누워있고 핏물은 뚝 뚝 떨어지는데 몰아지경에 빠진 무녀와 북쟁이와 법사는 한 몸처럼 움직였다.

장구잡이 오른손에 쥐어진 궁채의 양가죽 두드리는 속도가 빨라지면 모두의 이마에서 땀방울이 떨어졌고 왼손에 쥐어진 열채가 분위기를 잡으면 열락의 순간이 끝난 암수처럼 나른 함으로 빠져들었다.

무복을 현란하게 휘날리며 춤을 추던 명신이가 뒷전으로 물 러나 있는 백정을 끌고 나와 소 앞에 세웠다. 소가죽을 벗기는 참혹한 모습에 두 손으로 얼굴을 가렸지만 손가락 사이로 굿 을 보고 있던 왕비의 손을 잡고 굿판으로 끌고 나왔다. 명신이 의 뜬금없는 행동에 모두들 황당한 눈빛으로 쳐다봤다.

백정을 끌고 황소 가까이 간 명신이가 소의 생식기를 잘라 달라고 말했다. 예리한 칼을 품고 있던 그가 순식간에 잘라냈 다. 핏물이 뚝뚝 떨어지는 소의 생식기를 받아 쥔 명신이가 물컹한 그것을 왕비의 손에 쥐어 주었다.

"득남의 부적이며 아들을 낳았다면 무병장수의 징표입니

다.”

　왕비의 귀에 대고 명신이가 속삭였다. 왕비도 엄마다. 자식
에 약한 게 엄마다. 징그러워서 손바닥을 펴버리려던 왕비는
자식을 위한 부적이라니 소의 생식기를 꼬옥 움켜쥐었다.

　“궐에 돌아가시거든 전하와 금슬의 시간을 많이 가지십시
오.”

　황소의 생식기를 꼭 쥐고 있는 왕비의 귀에 명신이가 나직
이 속삭였다. 51월령 황소의 생식기. 사람으로 치면 20세 청
년, 바위라도 뚫을 피 끓는 나이다.

　한양에는 8살배기 아들이 있다. 죽었는지 살았는지 모른
다. 이 시간 이후, 살아서 볼 수 있을지도 미지수다. 그 자식
을 위하고 또 회임할 수 있는 부적이라니 역겨움 정도는 참을
수 있다.

　엷은 미소가 그려지던 왕비를 자리에 돌려보낸 명신이가 백
정으로부터 칼을 받아 쥐고 소의 살점을 잘라내기 시작했다.

"훠이~훠이~훠~어이!

갈 곳 없다 동대문 떠돌지 말고, 배고프다 시구문 배회 마라."

살점 세 조각을 동쪽에 던졌다.

"원한 맺혀 광화문 떠돌지 말고 억울하다 숭례문 떠돌지 마라."

살점 두 조각을 남쪽에 던졌다.

"한 맺혀 영추문에 머물고 서대문을 떠도는 귀신은 물렀거라."

살점 한 조각을 서쪽에 던졌다.

"숙정문에 걸린 너도 물러나고 신무문에 매달린 너도 꺼져라."

나머지 살점을 북쪽에 던졌다.

굿이 끝났다. 왕비는 궁녀들을 데리고 처소로 돌아가고 목사는 양실이가 기다리고 있는 침소로 돌아갔다.

허개등 불빛 아래 오늘의 굿꾼들이 모여 앉았다. 뒷풀이다. 지친 모습들이었지만 대형 굿을 해냈다는 자부심으로 충만해 있었다.

"명신이에게 더 이상 가르쳐 줄 게 없구나."

건중이 명신이를 추켜세웠다.

"춤도 현란했지만 마지막에 살점을 던지며 주문을 외는 게 절묘했어."

북쟁이가 맞장구를 쳤다.

"우신을 여자 손에 쥐여 준 게 압권이었어."

장구잡이가 야릇한 웃음을 날렸다.

'그분이 국모라는 걸 알면 너희들은 기절할 거야.'

명신이가 목구멍을 나오려는 말을 눌러 삼켰다.

"명신아!"

"네."

"굿은 그렇게 하는 거야, 항상 똑같은 것을 하면 감흥이 없어, 굿도 창작이야!"

건중법사의 말이 밤하늘이 여울져갔다.

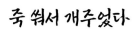

죽 쒀서 개주었다

기적을 만들었을까? 기적이 왔을까? 기적은 스스로 간구하는 자에게 온다더니 기적 같은 일이 벌어졌다. 난국을 장악한 대원군이 청나라에 잡혀가는 일이 벌어졌다.

왕당파가 발신한 조선의 구명 신호를 접수한 청나라는 회군 대장 오장경이 3,000명의 군사를 이끌고 화성 남양만에 상륙했다. 한양에 입성한 오장경은 대원군을 초청해 밀담을 나누는 척하더니만 남양으로 납치해 군함에 태워 천진으로 보내버렸다.

끌려가는 몸이 된 대원군은 함상에서 깊은 상념에 사로잡혔다.

임진왜란 소용돌이 속에서 성난 백성들에 의해 경복궁이 불타버리고 창덕궁과 창경궁은 왜군에 의해 소실되었다. 전쟁이 끝나고 한양에 돌아온 선조는 들어갈 곳이 없어서 월산대군이 살고 있던 저택으로 들어갔다. 경운궁이다.

부왕의 서거로 이곳에서 즉위식을 거행한 광해는 변변한 궁궐 하나 없는 서러움을 뼈저리게 느꼈다. 왕위에 오른 광해는 궁궐 중건에 나섰다. 전란으로 국고는 비었지만 왕권을 회복하기 위해서다. 하지만 전소된 경복궁은 엄두를 못 내고 창덕궁과 창경궁 중건으로 아쉬움을 달래야 했다.

후계 구도를 놓고 임해군과 영창대군 등 이복형제들과 갈등을 겪은 광해는 그의 또 다른 이복동생 정원군의 집에 왕기가 서린다고 헐어버리고 경희궁을 지었다. 그가 인조반정으로 권좌에서 쫓겨나 강화 교동도로 떠날 때 백성들은 그의 뒤에 대고 조롱했다.

"죽 쒀서 개 주었다."

경복궁은 단순한 궁궐이 아니다. 조선의 법궁이다. 태조 이성계가 정도전에게 명하여 창건된 경복궁은 검소하되 누추하지 않고, 화려하되 사치스럽지 않은 유교 이념을 구현한 걸작이다. 혹자는 중국의 자금성을 모방했다고 하지만 자금성이 경복궁을 모방했다고 해야 맞는 말이다. 자금성보다 경복궁이 먼저 지어졌으니까.

경회루에서 사신접대 연회를 베풀기라도 하면 자금성이 제일 크고 화려하다고 생각했던 대륙의 사신들도 '띵호와'를 연발하며 벌린 입을 다물지 못했다.

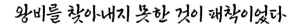

왕비를 찾아내지 못한 것이 패착이었다

인왕산 청풍계 아래 김상용의 집이 있다. 김상용은 안동김씨 좌장이다. 병자호란 때, 세자빈을 비롯한 왕족을 호종하여 강화도에 들어간 그가 왕실 가족을 지키지 못하는 위기에 처하자 스스로 폭사하여 순절했다. 그의 위상은 더욱 올라갔고 선비의 숭배 대상이 되었다. 그의 동생 김상헌은 오랑캐와는 상종할 수 없다며 임금과 각을 세웠다. 그의 후손들은 조정에 출사하여 승승장구했다.

김조순의 딸이 순조의 왕비가 되자 안동김씨 세도정치가 열렸다. 하루가 멀다 하고 벌어지는 잔치에서 밥과 술을 얻어먹은 대원군이 집으로 돌아가는 길에 보이는 경복궁은 너무나 황량했다. 잡초가 우거진 궁궐터에 주춧돌만 나뒹굴고 있었다. 그 모습을 바라보는 대원군의 가슴이 쓰렸다.

강화도령 철종이 후사를 남기지 않고 승하했다. 안동 김씨들이 손을 쓸 사이 없이 조대비와 손잡은 대원군이 12살 난 자신의 아들을 왕으로 밀어 올렸다. 고종이다. 조대비가 수렴청정을 행하고 풍양 조씨를 대거 기용한다는 야합이 있었으나 얼마 가지 않아 대원군이 섭정의 권력을 쥐었다.

집권에 성공한 대원군은 안동김씨 세도정치로 땅에 떨어진 왕권을 바로 세우고 왕실의 존엄을 천하에 과시하기 위하여 경복궁 중건사업에 착수했다. 허나, 임진왜란 때 불타버린 후, 270년간 폐허로 남아 있던 경복궁을 중건하는 것이 만만치 않았다.

부역에 신중을 기하고 종친들에게 골고루 원납전을 바치게 하는 등 자진하여 참여를 이끌었다. 신바람 난 백성들은 즐거운 마음으로 노역에 참여했고 대원군도 이들을 고무하기 위해 남사당패를 동원하여 분위기를 잡아 줬다. 필요한 목재는 삼척 준경묘에서 베어오고 민폐를 최소화했다.
동요를 지어 도성에 전파시키는가 하면 경복궁타령을 노동현장에 보급했다.

어허 좋다 경복궁은 조선 중에 대지로다

이런 명당 또 있느냐

에헤, 남문을 열고 파루를 치니 계명산천이 밝아온다

에헤, 에헤 어랴 얼럴럴거리고 방아로다 에헤

을축 사월 갑자일에 경북궁을 이룩일세

에헤, 에헤 어랴 얼럴럴거리고 방아로다 에헤

우리나라 좋은 나무는 경복궁 중건에 다 들어 간다

에헤, 에헤 어랴 얼럴럴거리고 방아로다 에헤

도편수의 거동을 봐라 먹통을 들구선 갈팡질팡 한다

에헤 에헤 어랴 얼럴럴거리고 방아로다 에헤

조선 여덟도 유명탄 돌은 경북궁 짓는 데 주춧돌감이로다

에헤, 에헤 어랴 얼럴럴거리고 방아로다

근정전을 드높게 짓고 만조백관이 조하를 드리네

에헤, 에헤 어랴 얼럴럴거리고 방아로다

경복궁타령은 주춧돌 놓는 데 회(灰)방아 찧는 소리다. 헌데, 목재를 쌓아두고 다듬는 재목장에서 화재가 발생하여 이미 완공한 전각과 쌓아놓은 목재가 소실되고 말았다. 대노한 대원군은 책임자를 투옥했다. 공기에 쫓긴 대원군은 사대부집 묘역에서 나무를 베어오게 하고, 예산이 모자라 원납전을

받고 벼슬을 파는가 하면 성문을 통과하는 데 통행세를 징수하고 당백전을 발행했다.

안동김씨 세도정치를 혁파하고 탐관오리를 축출하는 등 민생을 챙겼으나 경복궁 중건 무리수는 민심 이반을 불러왔다. 이유원과 최익현이 대원군을 직격했다. 기회를 포착한 왕당파가 맹공을 가했다. 작달막한 키에 천하의 배짱을 자랑하던 그도 성난 민심을 이기지 못하고 섭정 9년 만에 권좌에서 물러났다. 임오군란을 기회로 기사회생하는 듯 보이던 대원군은 청나라로 끌려가는 신세가 된 것이다.

운종가의 육의전 뒷배를 봐주는 천희연, 피맛골의 숟가락 숫자를 헤아리고 있는 하정일, 칠패시장의 비린내를 쥐락펴락하는 장순규, 배오개 시장의 쌀가마를 들었다 놨다 하는 안필주, 이른바 한양의 왈패 '천하장안'을 수하에 두고 조선팔도의 정보를 수집하던 대원군이 장호원에 은신하고 있던 왕비를 찾아내지 못한 것이 패착이었다.

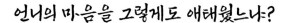

언니의 마음을 그렇게도 애태웠느냐?

대원군이 청나라로 끌려가고 있다는 소식을 접한 충주목사 민응식의 집은 잔칫집 분위기다. 감추고 숨길 것도 없다. 왕비가 '여기 있다.'라는 사실을 공개했다. 이웃 향촌의 유학들은 물론 광주목사를 비롯한 현감과 현령 등 고을 사또들이 진상품을 싸 들고 물밀 듯이 찾아왔다. 소문은 영마루를 넘었는가. 박달재 넘어 봉양과 문경새재 너머 안동과 상주에서도 수령들의 행렬이 끊이지 않았다.

"중전마마! 하배 올립니다."

"국모마마! 진하 드립니다."

"마마! 경하 드립니다."

웃음꽃이 피었다. 기쁨은 왕비가 받고 민응식의 입은 귀에 걸렸다. 진귀한 물건을 다 가지고 가겠는가. 콩고물은 다 자기 것이다.

왕비가 명신이를 불렀다.

"나는 네가 따라나서지 않는다 할까 봐 잠을 이루지 못했다."

"저는 여기가 좋은데요."

한 자락을 깔았다. 명신은 밀당의 원칙을 알고 있었다. 밀면 당기고 당기면 미는 물리의 법칙을.

"네가 없는 궁궐 생활은 답답해서 못살 것 같구나."

애걸이다. 예나 지금이나 마음을 사로잡은 자의 위력은 대단하다.

"언니야! 지는요, 코가 예민해서 조금이라도 이상한 냄새를

맡으면 토가 나올라 하거든요, 나야 한양엘 가본 일이 없지만
갔다 온 사람 애기를 들어보면….”

“갔다온 사람이 뭐라 하더냐?”

“숭례문 문턱만 넘어서면 여기저기 썩는 냄새가 진동하여
공기가 더럽다고 하더이다.”

“애야! 숭례문엔 문턱이 없단다.”

“지가 이번에 가보면 알겠지만 공기가 매우 안 좋다고 하더
이다.”

“‘가보면’이라 했느냐?”

“예.”

왕비의 얼굴이 활짝 피었다.

“나와 함께 가기로 마음먹었으면서도 언니의 마음을 그렇게
도 애태웠느냐? 고맙다. 아우야!”

왕비가 눈물을 흘리며 명신이의 손을 잡았다. 명신이의 한양행은 확정되었다.

3장

궁중 무당

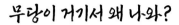

무당이 거기서 왜 나와?

왕비가 환궁하는 날. 꿈에도 그리던 궁에 들어가는 날이다. 충주목사 민응식의 집에 들어올 때는 도둑고양이처럼 숨어들었지만 갈 때는 그럴 필요가 없다. 많은 사람의 환송을 받으며 떠났다. 앞 가마에는 왕비가 타고 뒤 가마에는 명신이가 탔다. 호종 무사가 된 충무목사가 군사를 이끌고 호위했다.

"목사 집터가 좋긴 좋은가 봐, 죽은 목숨이 살아서 돌아가니."

"한양에선 죽었다고 장례도 지냈다던데."

"그러게 말이야, 목사는 이제 출셋길만 남았군."

"중전마마 뒤따라가는 가마에는 누구야?"

"무당이래."

"무당이 왜 거기서 나와?"

"중전마마 돌아가는 날짜를 귀신같이 맞췄대."

"족집게군."

"족집게로 목사 거기도 물어버렸대. 호호호."

"물린 게 아니라 침 발라 놨다던데."

"여자를 죽여주는 변강쇠라고 소문이 자자하던데 한번 맛보면 안 떨어질걸."

"신들린 여자가 속인 맛을 보면 잠 못 자게 한다던데."

"셋째도 있는데 넷째라고 안 되란 법이 있겠어?"

"지네들끼리 좋으면 좋은 거지 누가 말려?"

"크크크!"

"프프프!"

마을 아낙들의 수다가 왕비 일행의 뒷전을 맴돌았다.

고을을 지날 때마다 수령들이 6방관속과 백성들을 이끌고
나와 배웅했다. 내려올 때는 사람의 눈에 띄일까 봐 후미진
길을 택해 왔지만 올라갈 때는 대로를 이용했다.

동재기 나루터에 도착했다. 송파나루터에선 부보상들에게
수모를 당했지만 동작진에선 도승관이 영접했다. 병조에서
마련해준 병선을 타고 한강을 건넜다.

왕비 일행이 청파역을 지나 숭례문에 도착했다. 대기하고
있던 취타대가 앞장서 길을 인도했다. 광통교를 건너고 육조
거리를 지나 경복궁에 도착했다. 기다리고 있던 왕과 세자가
마중 나왔다. 다시는 못 볼 줄 알았던 아들을 보는 왕비의 두
눈에 이슬이 맺혔다.

"중전! 고정하시오."

"세자를 못 볼 줄 알았는데 기뻐서 그렇습니다."

"서로 합심하여 민심을 수습합시다."

뼈있는 한마디다. 민승호, 민겸호, 민태호로 대표되는 민씨 일족과 거리를 두고 국정을 헤쳐 나가자는 제안이다.

"그들이 뭘 잘못했다고 그러십니까? 그냥 두지 않을 것입니다."

왕비는 복수심에 불타고 있었다. 그뿐만 아니라 아버지의 강요에 못 이겨 살아있는 부인을 죽었다고 발표한 줏대 없는 남편에 대한 앙금이 남아 있었다.

왕비가 국혼을 행한 곳은 운현궁이다. 친정 역할을 했던 운현궁에서 초야를 치른 왕비는 3일 후, 창덕궁에 들었다. 창덕궁에서 신혼을 보낸 왕비는 대원군이 주도한 경복궁이 완공되어 경복궁으로 이어했다. 하지만 영보당 이씨를 총애하는 남편 보기가 눈꼴셨고 그녀가 낳은 완화군을 대원군이 예뻐

하자 같은 궁에 있는 것 자체가 싫었다.

그뿐만 아니다. 새로운 연적이 등장했다. 미모도 출중했다. 더욱 그녀의 자존감을 무너뜨리는 게 있었으니 훌륭한 가문이다. 효종비 인선왕후의 아버지 장유의 후손이다. 한미한 집안의 자신과는 격이 달랐다. 그러한 애한테 왕이 꽂혔다. 아들도 낳았다. 의친왕이다. 질투가 부글부글 끓었다.

임금이 어려서 그럴까? 왕비가 억세서 그럴까? 왕은 연상의 여자를 좋아했다. 왕비 자신도 그렇고 영보당 이씨와 귀인 장씨도 연상이다. 생물학적 나이에 여유 부릴 민비가 아니다. 귀인 장씨를 순화궁 옆 사가로 쫓아냈다. 지아비와도 살을 맞대고 싶지 않았다.

왕과 왕비는 거주 공간이 다르다. 왕은 강녕전, 왕비는 교태전이다. 하늘의 정기를 받아 왕자를 생산하고 싶어 용마루가 없는 교태전에서 왕비가 꽃단장하고 기다려도 아무 때나 방문하지 못했다. 왕비의 건강 상태를 점검하는 내의원에서 좋다는 날이라야 가능했다. 씨 뿌리기 좋은 날이다. 이것도 거부하고 싶었다. 일종의 별거다.

왕의 개인 돈 내탕금으로 짓는 형식을 취했지만 왕비가 주도하여 궁궐을 지었다. 궁 안의 궁궐 건청궁이다. 게가 구덕으로 들어간 것 같지만 민자영만의 공간이 마련된 것이다.

진령군이라는 군호를 내려주겠소

왕비가 명신이를 장안당으로 불렀다. 장호원에서 돌아온 후 하루도 빠지지 않고 면대했지만 장안당은 처음이다. 건청궁에 여러 전각이 있지만 장안당이 제일 격조 높은 공간이다. 들어서는데 분위기가 다르다. 자리에 앉아 있던 왕비가 시녀 상궁의 부축을 받으며 자리에서 일어났다. 왕비가 일어서서 한낱 무당을 맞이하다니 이게 어찌된 일인가.

"전하시다. 어서 문후 여쭈어라."

자리에는 인자한 웃음을 머금은 왕이 앉아 있었다. 임금이다. 처음 보는 얼굴이다. 다리가 후덜덜 떨렸다.

"전하! 강녕하시었습니까?"

시녀상궁의 도움을 받으며 절을 올렸다.

"중전도 앉으시구려."

왕비가 임금 옆에 나란히 앉았다.

"마마! 문후 여쭈옵니다."

"그래, 너도 앉아라."

보통 방문객 같으면 무릎걸음으로 안전을 물러 나와야 하지
만 시녀상궁의 도움을 받아 자리에 앉았다.

"이 아이가 중전을 도와준 그 아이란 말이오?"

"그러하옵니다. 전하를 뵈올 날을 족집게처럼 뽑아내었습
니다."

"기특하군요."

"오래오래 곁에 두고 싶습니다."

"그리하구려."

"궁인도 애기나인에서부터 제조상궁까지 직급이 있는데 무엇으로 해주어야 할지 난감합니다."

조정에도 종9품에서 정1품까지 직급이 있듯이 내명부에도 9품 주징에서부터 5품 상궁까지 직급이 있다. 임금이 품은 아니라면 종4품 숙원이나 정3품 소용을 줄 수도 있는데 명신이는 왕비가 데리고 들어온 여자다. 아무리 찾아봐도 명신이에게 걸맞은 직급이 없었다.

"진령군이라는 군호를 내려주겠소."

군호(君號). 이거 아무에게나 붙여주는 싸구려가 아니다. 임금의 아들이나 왕비의 아버지에게 내리는 존칭이다. 왕실에 한평생 충성한 신하가 은퇴할 때 청성백, 봉화백처럼 하사하는 영광의 호칭이다.

군호는 투전판에서 얻어온 개평이 아니다. 무관이라면 호

랑이 2마리가 수놓아진 흉배를 허리에 두르는 당상관 이상이
다. 우선 임금 자신부터 '이 아이' '저 아이'라 할 수 없다. 서로
경어를 써야 한다. 백발이 성성한 정승 판서들도 서로 존대어
를 써야 한다. 운종가에 나가면 당하관 이하 관리들과 백성들
은 말에서 내려 머리를 땅에 박아야 한다. 이 꼴 보기 싫어 피
해 다니던 길이 피맛길이다.

"정말이십니까? 전하!"

"그렇소."

"감읍하옵니다. 전하!"

왕비의 입가에 활짝 꽃이 피었다. 군호는 명신이가 받았는
데 좋아하는 건 왕비다.

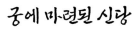

궁에 마련된 신당

진령군에 부합하는 명신이의 거처가 건청궁에 마련되었다. 왕비가 쓰던 곤녕합을 명신이의 주거 공간으로 내주고 복수당에 신당이 차려졌다. 궁녀도 따로 붙여주었다. 궁궐 전각에도 서열이 있다. 전, 당, 합, 각, 제, 헌, 루, 정(殿, 堂, 閤, 閣, 齋, 軒, 樓, 亭)이다. 합(閤)을 내주고 당(堂)을 내주었으니 대단한 예우다.

통째로 혼자 쓰던 왕비의 공간이 남북으로 분할되었다. 건청궁이라는 현판이 걸려있는 남쪽은 왕비의 공간, 백악산을 바라보는 북쪽 공간은 명신이의 공간이다. 지엄의 공간 궁궐이 임금을 모시는 왕비와 신을 모시는 무당이 공존하는 공간이 된 것이다.

매일 굿이 펼쳐졌다. 국가의 태평성대를 기원하는 나라굿, 왕과 왕비의 만수무강을 축원하는 만무굿, 경복궁에 원한이 깃든 귀신을 위로하는 지노귀굿, 그들을 좋은 곳으로 가라고 빌어주는 씻김굿, 무당 자신을 위한 신령기자굿이 하루가 멀다 하고 펼쳐졌다.

몸이 허약한 세자를 위한 '병굿'이 펼쳐졌다. 왕과 왕비가 친히 신당에 참여하여 경배했다.

"그래, 부족한 건 없느냐?"

"평안하옵니다만 불편하옵니다."

그랬다. 장호원에 있을 때는 소수의 궁녀들이었다. 그들은 명신이를 경이와 선망의 눈빛으로 바라보았다. 하지만 대궐에는 보는 눈도 많고 벌레 보듯 쳐다보았다. 시선이 따가웠다.

"나도 처음 궁에 들어왔을 때는 적응하기 힘들었으나 시간이 가면 익숙해지더구나."

"나가 있고 싶사옵니다."

"아니 된다. 네가 나가면 적적해서 어떻게 살라고 그러느냐. 당치 않다."

왕비가 단호하게 잘랐다. 왕비의 의지를 꺾지 못하겠다고 판단한 명신이가 수위를 높였다.

"조정의 대신들이 싸가지가 없는 것 같사옵니다."

임금 앞에서 당돌한 언어다. 평범한 일상의 얘기가 아니라 정치적 발언이다.

"그건 또 무슨 말이냐?"

"임진년, 우리나라가 일본에 짓밟혀 망하기 직전 중국이 도와서 살아났습니다. 은혜를 갚고자 지은 것이 동묘와 남묘입니다. 이번 구식군대의 난동으로 중전마마가 위기에 처해 있을 때 도와준 것 역시 중국입니다. 그럼에도 북관을 짓자는 신하가 하나도 없습니다."

임진왜란에 참전한 명나라 장수 진인이 남묘(南廟)를 지었고, 신종 황제의 명에 따라 동묘(東廟)를 지었다고 하지만 우리 조정이 알아서 긴 결과물이다. 삼전도비(碑) 역시 그렇다. 누가 이 땅을 침략한 홍타이지를 칭송하는 공덕비를 세우고 싶었겠는가?

"네 말을 들으니 괘씸하기 짝이 없구나."

"그리고 제가 누구 딸입니까? 관우 장군 딸입니다."

"당장에 지어 주도록 하겠다."

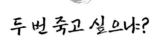

두 번 죽고 싶으냐?

북관 신축에 대한 왕비의 허락이 떨어지기 며칠 전. 명신이의 스승 천궁이 건청궁을 방문했다. 신빨이 떨어지는 명신이에게 신령기자굿으로 기를 넣어주기 위해서다.

"집은 큰데 주인이 없어."

명신이의 안내로 경복궁을 둘러본 천궁의 일갈이다.

"무슨 말씀인지 헤아리기 어렵사옵니다."

"아이가 대감 옷을 입고 있는 것 같아."

"더욱 모르겠습니다."

"경복궁이 몇 칸이라고 했느냐?"

"999칸이라고 들었습니다."

"왜 천 칸에서 한 칸이 부족한 줄 아느냐?"

"800채의 건물과 9,999개의 방으로 이루어진 자금성의 8,707칸을 넘어서면 황제에 대한 불경이 된다고 그리 지은 줄 아옵니다."

"그리 아는 아이가 왜 여기에 주저앉아 있느냐?"

"무슨 말씀이시온지요?"

"내가 너를 이것밖에 가르쳐 주지 못했단 말이냐?"

천궁의 호통에 명신이가 황급히 무릎을 꿇었다.

"말씀 내려 주십시오."

"두 번 죽고 싶으냐?"

"무슨 말씀이시온지?"

명신이가 몸 둘 바를 몰라 어쩔 줄 몰라 했다.

"건청궁 바로 앞에 있는 연못이 무슨 연못이냐?"

"향원정이라 하옵니다."

"향원정이라고?"

"네."

"무엇에 쓰는 물건이냐?"

"전하와 중전마마가 취향교 건너 나들이를 나가시고 때론 소인과 왕비 언니가 산책하는 곳입니다."

"화(火)는 무엇하고 생(生)하고 무엇하고 극(克)한다고 가르쳐 주었느냐?"

"목생화(木生火)이고 화는 물과 극(克)한다고 가르침을 주셨습니다."

"그렇다. 화는 목(木)으로부터 생기를 받고 토(土)에게 기를 넣어주며, 수(水)는 화(火)와 상극(相克)이다."

"네."

"너는 무엇이냐?"

"화(火)입니다."

"그렇다. 너의 불은 쇠를 달구어서 보검을 만들 수는 있어도 수(水)를 이길 수는 없다. 강한 불이라면 물을 증기로 날려버릴 수 있지만 너의 화(火)는 그거에는 미치지 못하는 대장간의 불이다."

"명심하겠습니다."

"화성 인간이 물 앞에 있어도 된단 말이냐?"

진령군

"미처 생각하지 못했습니다."

"향원정을 채우는 물줄기의 수맥이 바로 건청궁 밑으로 지나고 있다. 여기에 있으면 너는 물론이고 왕비도 두 번 죽는다. 왕비도 화성 인간이니까"

"조선 초에 정도전이 대궐을 지을 때 이보다 더 큰 연못을 팠지 않았습니까? 경회루 말씀입니다."

"그건 태종 임금이나 세종 임금이 목성 인간이기 때문에 수(水)의 덕을 본 것이다. 물(水)도 이로운 사람이 있고 해로운 사람이 있다."

"네."

"그리고 또 하나, 건청궁 바로 앞에 '건달불'을 대롱대롱 매달아 놨는데 어두운 곳을 좋아하는 귀신들이 찾아오겠느냐? 네 신빨이 떨어지는 이유다. 냉큼 떠나도록 하라"

"넵, 당장에 옮겨가겠습니다."

1882년 제물포에서 조선 전권대신 신헌과 미국 전권공사 슈펠트 간에 조미수호통상조약을 체결했다. 조약을 체결한 조선은 민영익을 대표로 한 사절단을 미국에 파견했다. 보빙사다. 그들은 뉴욕과 보스턴에서 신세계를 보았다. 밤거리를 환하게 밝힌 전깃불이다. 에디슨이 전기를 발명한 지 4년 되던 해다. 이를 본 유길준은 '악마의 힘으로 불이 켜진다.'라고 했다.

　귀국한 사절단의 건의를 받아들인 임금은 건청궁 앞에 전깃불을 설치했다. 중국과 일본보다 빠른 아시아 최초다. 어두운 대궐에서 있을 수 있는 암살을 미연에 방지하고자 하는 노파심의 발로다. 전깃불을 처음 본 조선인들은 나뭇가지에 매달려 건들거린다고 '건달불'이라 불렀다.

국정을 농단하는 무당

백악산 기슭 삼청골에 북묘(北廟)가 완성되었다. 명분이야 북묘이지만 가파른 언덕 위의 신당(神堂)이다. 명신이 북묘를 관철시킨 것은 다층적인 포석이 깔려 있다.

궁궐에서 근정전, 인정전, 명정전, 숭정전보다 높은 권위를 자랑하는 전각은 없다. 있다면 왕실의 조상을 모시는 종묘다. 묘(廟)를 왕이 있는 전(殿) 위에 놓겠다는 전략이다. 전(殿)에 있는 왕과 왕비는 묘(廟)에 올라와 머리를 조아리라는 것이다.

북묘에서 매일같이 굿이 펼쳐졌다. 건청궁에서 행해지던 굿 외에 새로운 항목이 생겨났다. '재수굿'이다. 조정에 출사한 관료가 명신이의 신당에 찾아가 '재수굿'을 하면 직급이 두세

계단 뛰어올랐다. 소문은 날개를 타고 도성에 번졌다. 당하관은 물론 당상관들도 줄을 이었다. 찾아오는 이를 감당할 수 없게 되자 그의 아들 창열이가 번호표를 팔았다.

쌓이는 건 뇌물이고 불어나는 건 재산이었다. 장안의 재물이 다 모이는 듯했다. 번호표를 파는 창열이의 부수입도 쏠쏠했다. 순서를 앞당겨달라고 촌지를 주고 새치기해 달라고 봉투를 찔러 주었다. 간땡이가 커진 창열이는 조정의 관료들을 업신여기며 거드름을 피웠다.

신당을 찾아온 고위 관료는 진령군과 의남매를 맺자고 청했다. 맨입이 아니다. 상상할 수 없는 뇌물을 가지고 왔다. 어떤 당하관은 뇌물을 싸 짊어지고 와 아들이 되겠노라고 엎드렸다. 그들은 하나같이 승승장구했다. 인사는 신당에서 나오고 모가지 날아가는 것도 북묘에서 나온다는 소문이 퍼졌다.

팔판동에 집을 마련한 창열이는 재물을 쌓아둘 곳간이 부족하여 옆집을 사서 텄고 그것도 부족하여 옆집을 빼앗다시피 헐값에 사들였다. 그가 당상관 관복을 입고 운종가에 나타나면 그 앞에 엎드리는 관료들이 하나둘이 아니었다. 나갈 때는 빈손이었지만 돌아올 때는 선물이 수레 한가득이었다.

발 없는 말이 천 리를 간다 했던가. 신당에서 흘러나온 말이 도성에 파다하게 퍼졌다. 운종가 난전에서도, 칠패시장 어물전에서도 화제가 만발했다. 피맛골 주막에서 탁배기를 걸치던 사내들의 웃음소리가 왁자지껄하다.

"북묘에서 날마다 굿 소리가 난다며?"

"굿 소리가 아니라 곡소리지."

"나라 망할 징조군."

"고년의 거기서는 삐약삐약 소리가 난대."

"삐약삐약이 뭔데?"

"모르는 놈은 술이나 처먹어."

탁배기 잔을 비운 사내가 구레나룻이 덥수룩한 사내 앞에 잔을 던지듯 내밀었다.

"내가 찐한 야그를 안 하려고 했는데 저 곰탱이 때문에 해야

겠군, 아그들은 물렸거라."

두 팔을 벌려 휘젓는 자세를 취하던 그가 사내들 머리를 끌어모으듯이 허공을 휘저으며 목소리를 낮췄다.

"보통 여자들은 그거 할 때 거기에서 질퍽덕, 질퍽덕 소리가 나는데 그년은 얼마나 쫄깃한지 쪼르깃 쪼르깃 소리가 난대. 그 소리를 귀 담아 들으면 삐약삐약으로 들린대."

"흐흐흐."

"크크크."

"그래서 충주목사가 한양까지 따라 올라왔군."

"그놈도 속셈이 있을 거야."

"무슨 속셈"

"좋은 것은 진상품이라고 임금님께 바치잖아, 그놈도 그거 바치고 출세하려 들는지 모르지!"

진령군

"왕비가 쌍심지를 켜고 있잖아?"

"켜 봤자지. 궁 안에 여자는 다 임금 거니까."

"옛날에 태종 임금이 왕비 몸종을 건드려 애를 낳으니까 왕비 강짜가 이만저만이 아니었잖아."

"부려봤지만 친정 동생들만 작살났지."

"투기를 부리던 폐비 윤씨도 사약을 받았고."

"나도 후생에는 임금으로 한번 태어나 봤으면 좋겠다."

"에라이 빈대 같은 놈아, 붙을 데가 없어 거기 붙어?"

"왜 그래? 왜 나만 갖고 그래?"

"3천 궁녀 거느리는 게 쉬운 일인 줄 아냐? 너 같은 약골은 제 명에 못 살고 죽는다.

"하하하."

"꺄꺄꺄."

한 순배의 술이 돌았다.

"사간원과 사헌부는 뭐하는 데야?"

"홍문관도 꿀 먹은 벙어리야."

"뇌물에 눈 밝히고 승진에 눈치 보는 그놈들이 똥물에 튀길 놈들이지."

시정잡배들의 목소리가 뒷골목에서 울리는 것만이 아니다. 궁장 넘어 대궐까지 날아 들어갔다. 정승판서가 우려를 표했고 조정이 웅성거렸다. 사간원 정언 안효제가 총대를 멨다. 진령군을 통렬히 규탄하는 상소를 올렸다.

"전하께서 북묘를 지으라 허락하신 것은 열성께 제사를 지내기 위해서였는데 요사이 괴이한 여인이 관우 장군의 딸이라고 거짓말을 하며 사대부들을 끌어들여 아우요, 아들이요 서로 칭찬하고 감춰 주며 생색을 내니, 수령이나 감사들도 왕왕 그의 손에서 나옵니다. 겉은 마치 잡신을 모신 사당 같으나 안으로 살펴보면 부처를 모신 제단에서 무당의 염불 소리가 없는 날이 없고, 걸핏하면 수만 금의 재정을 소비하여 대궐 곳간이 비어갑니다. 사리만 조금 알면 일반 백성들도 속지 않을 것인데 총명한 전하가 어찌하여 깨닫지 못하십니까?"

직격이다. 그야말로 도끼를 옆에 두고 직언을 한 것이다. 무지렁이도 훈계하면 '가르치려 드느냐?'고 눈알을 부라린다. 하물며 임금이 깨닫지 못해서 그런다고 가르치려 드니 도끼가 춤을 출 수도 있다.

상소를 받아 본 왕이 대노했다. 상소를 돌려본 왕비도 길길이 뛰었다.

"이런 자는 잡아 죽여야 분이 풀리겠습니다."

충신이 있으면 간신이 있다던가. 같은 사간원에 있는 정언 김만제가 상소를 올렸다. 김만제는 왕비의 고향 여주 출신으로 별시에 응시하여 붙었는지 붙여 주었는지 모를 애매모호한 관료다. 그는 조정에 출사하여 왕비 호위무사를 자청한 인물이다.

"기도를 드리는 문제를 어찌 무엄하게 말할 수 있습니까? 신하로서는 입 밖에 내서는 아니될 말로 전하를 지적하고 귀신을 모욕하였으니 잡아들여 국문하소서."

왕은 안효제를 추자도로 귀양 보내라 명했다. 위리안치다. 감히 '누구의 인사권에 토를 다느냐.'라는 것이었다.

왕의 조치에 전 형조 참의 지석영이 참을 수 없는 분노에 찬 목소리로 상소를 올렸다.

"신이 전국 억만 백성의 입을 대신하여 자세히 말씀 올리겠습니다. 신령의 힘을 빙자하여 임금을 현혹하고 기도한다는 구실로 재물을 축내며 요직을 차지하고 농간을 부린 요사스러운 계집 진령군에 대하여 온 세상 사람들이 그의 살점을 씹어 먹으려고 합니다. 삼가 바라건대, 빨리 상방검(尙方劍)으로 죄인을 주륙하고 머리를 도성문에 달아매도록 명한다면 민심이 쾌하게 여길 것입니다."

하지만 임금의 비답은 싸늘했다.

"참작한 것이 있다."

3년 후, 귀양이 풀린 안효제는 한양으로 돌아왔다. 임금이 벼슬을 내려주었지만 그는 관직을 받지 않고 귀향해버렸다. 이후로 강직한 선비들이 앞다투어 진령군을 탄핵하는 상소를 올렸으나 도승지가 감히 임금에게 올리지 못하고 쌓아두었다.

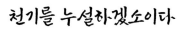

천기를 누설하겠소이다

왕과 왕비가 신당을 찾아왔다. 무병장수를 비는 굿에 참여하기 위해서다.

"진령군! 왜 이리 험악한 언덕 위에 관묘를 지었습니까?"

견여를 타고 올라왔지만 뒤로 넘어질 듯 가파른 언덕이었다.

"영주에 가면 부석사가 있습니다. 봉황산 품에 안겨 있지만 태백산 정기를 받은 천년사찰입니다. 일주문을 지나 천왕문과 범종각을 통과하여 가파른 계단을 오르면 안양루가 있습니다. 머리를 숙이고 안양문을 통과하면 비로소 배흘림기둥에 자태를 뽐내는 무량수전이 있습니다. 그 안에 모셔져 있는 것이 아미타불입니다. 저 아래 백성들의 눈높이에서 보면 소조여래좌상은 머리 위에 있습니다. 무릇 중생들은 부처에게 경배를 드리고 싶다면 저 아래에서부터 기어 올라오라는 뜻입니다. 여기 관묘도 마찬가지입니다. 관우 장군께 치성을 드리고 싶다면 저 아래에서부터 기어 올라오라는 것입니다."

"그렇게 심오한 뜻이 있다니 놀랍습니다."

"임금도 예외가 없습니다."

쐐기를 박았다. 여느 때 같으면 능멸죄로 하옥해도 할 말이 없다.

"백두산 정기를 받은 두 마리 용이 황룡이 되기 위해서 백두대간을 타고 내려오다 추가령에서 방향을 바꾸어 백암산 법수령을 지나 도봉산, 삼각산 찍고 내려오는데 보현봉 아래 형제봉에서 북악으로 건너가는 지세가 약해 풍수를 신봉하는 선운관 관리들이 도읍으론 미흡하다고 반대했으나 풍수를 배척하는 정도전이 밀어붙여 한양천도가 이루어졌습니다."

"거기까지는 나도 알고 있습니다."

"왕자의 난을 거치며 집권한 태종 임금의 수석참모는 풍수의 대가 하륜입니다. 그의 주청에 따라 세종 임금이 보토(補土)하고 후대 임금들이 보토소를 설치하여 관리하였으나 지세가 허(虛)하여 역대 왕들의 수명이 짧았습니다."

"그래요? 얼마나 됩니까?"

"평균 47세에 불과합니다."

"그렇게 짧았습니까?"

"그렇습니다. 전하!"

"걱정이 됩니다."

"주지육림을 피하시고 좋은 물을 마셔야 합니다."

"선대왕들이 즐겨 마셨던 어정(御井)이 궐 안에 있습니다."

"바위 사이에서 흐르는 석간수에 비하면 하급수 입니다."

"어떻게 하면 만수무강할 수 있겠습니까?"

"교하 장명산으로 간 용은 황룡 되기를 포기했고 북악에서 인왕 찍고 무악 거쳐 금화산을 지난 용이 청암동에서 한강에 목을 축이고 있으니 황룡이 될 가능성이 있습니다."

"용산 말입니까?"

"그렇습니다."

"어찌하면 황룡이 될 수 있습니까?"

"주위를 물리쳐 주십시오."

비결을 왕과 왕비에게만 살짝 공개하겠으니 소인배들은 물리쳐 달라는 얘기다.

"모두들 물렀거라."

도승지도 내관도 모두 물러났다. 밀착 기록해야 할 사관도 물러났다. 왕과 왕비 진령군 세 사람이다.

"관묘 위에 신묘한 약수터가 있습니다. 그 약수터로 말할 것 같으면 한강에 입을 대고 있는 용의 왼쪽 수염에 해당합니다. 전하께서 약수터 물을 매일 마시면 황제가 될 수 있습니다."

천기누설이다. 평범한 사람이 발설했다면 임금을 희롱했다고 능지처참이다. 하지만 이 여자는 자신의 여자가 애지중지하는 여자다. 또한, 자신이 진령군이라는 군호를 내려준 신하다.

"황제는 천하에 하나, 연경에 한 분 계시는데 또 하나의 황제라니 당치 않은 말입니다."

"전하! 전하는 틀림없이 황제가 되실 것입니다. 제 말이 거짓이라면 제 목을 쳐도 달게 받겠습니다."

"전하! 전하가 황제가 되면 소첩이 황후가 되니 이 아니 좋습니까?"

왕비가 맞장구를 쳤다.

"중전마마! 아니, 황후마마! 감축드리옵니다."

진령군이 거들었다.

"약수터를 가봅시다."

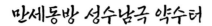

만세동방 성수남극 약수터

임금 일행이 약수터 답사에 나섰다. 좁고 가파른 언덕길에 뒤따르는 신하들과 내관들의 긴 줄이 꼬리를 이었다. 마른 땅을 여러 사람이 걸어가니 먼지가 일었다. 이때, 임금 발부리에 걸린 돌멩이가 또르륵 구르면서 흙먼지를 일으켰다.

"길이 막히지 않습니까?"

형조판서를 뒤따르던 영의정이 바짓가랑이에 묻은 먼지를 털어내는 형판에게 짜증을 냈다.

육조의 서열은 이·호·예·병·형·공이다. 육조 위에 의정부가 있고 삼정승 중에 으뜸은 영의정이다. 일인지하 만인지상이다. 경국대전에 나와 있는 위계질서다. 헌데, 형조판서는 이러한 의전을 무시하고 임금 바로 뒤에 따르고 있었다.

"불만 있으면 전하 뒤를 따르시구려."

망발이다. 건방이 하늘 높은 줄 모르고 솟아있다. 위상이나 경륜으로 보아 한껏 위인 영의정에게 무례하기 짝이 없다. 임금의 총애를 받는 나를 넘을 능력이 있으면 앞서가라는 경거망동이다.

당하관 이하 추천권은 이조전랑에게 있다. 삼사(三司)는 정랑 몫이다. 품계는 낮지만 막강한 권한을 행사했다. 때문에 하늘 같이 높은 원로대신들도 함부로 대하지 못했다.

대신에 대한 통청권은 이조판서가 쥐고 있다. 헌데, 경국대전을 교묘히 해석하여 검증이라는 명목으로 형조에서 가져갔다. '너희들 감투도 내 손에서 나왔으니 잠자코 있으라.'라는 폭언이다.

"어서 가시지요."

어이없어하던 영상대감이 씁쓰레한 웃음을 흘렸다.

"먼지는 털어내라고 올라오는 것이지 달고 가라고 붙는 것은 아닙니다."

기고만장한 형판의 현문우답이다. 그에게는 정도(正道)도 우문현답(愚問賢答)도 안 통했다. 오로지 자기중심적이고 이기적이었다.

오르다 또 돌멩이가 구르자 길을 막고 먼지를 털어내기를 여러 차례 반복했다. 드디어 약수터에 도착했다. 그곳에는 바위 사이에서 석간수가 흐르고 있었다.

"물맛이 좋습니다."

물맛을 본 임금이 왕비에게 권했다.

"너무나 좋습니다."

"경들도 한 번 마셔 보구려."

영의정을 필두로 예조판서와 도승지가 마셨다.

"이 약수터의 이름이 무엇이오?"

진령군에게 경어를 써가며 물었다.

"아직 이름이 없습니다. 전하께서 하사해 주시면 망극하겠습니다."

"영의정께서는 어떻게 생각하시오?"

"좋은 곳에 좋은 물입니다."

"예판은 어떻게 생각하시오?"

"백세, 천세, 만수무강할 물입니다."

"형판은 어떻소?"

"만세동방 성수남극이옵니다."

헌부에서 20년, 다른 부서에 가보지 않고 오로지 사헌부에서 갈고 닦은 형판의 순발력은 타의 추종을 불허했다. 최고 권력자의 의중을 분석하여 실행하고 대안을 제시하는 능력은 임금이 총애하지 않을 수 없는 힘이었다. 형판 스스로도 자신의 '촉'에 놀랄 때가 있었다.

왕조의 사정기관은 1부 3사다. 의금부는 왕의 하명 사건을 주로 다룬다. 재판의 형식을 취하지만 답이 정해져 있다. 원하는 답이 나오지 않으면 나올 때까지 고문이다. 홍문관은 왕조를 지탱하기 위한 논리를 연구 제공하고 사간원은 직간이다. 좌고우면하지 않고 오로지 앞으로 직진이다.

사헌부는 광범위하다. 강상과 풍속사범은 정6품 감찰의 몫이다. 지평과 장령은 품계는 낮지만 고위 관리들의 부정부패를 들여다본다. 때론 별건도 파고든다. 사헌부의 칼날은 고위 관리의 인사와 법률 개편에 대한 서경권(署經權)이다. 신권이 강할 때는 왕을 견제하고, 왕권이 강할 때는 왕이 뭘 원하는지 미리 알아서 헌상한다.

"좋은 말이구려, 설명해 보시오."

"삼천갑자를 살았다는 동방삭이처럼 이 물을 드시고 만수무
강하시라는 뜻입니다."

검은 눈동자를 굴리며 강렬한 어조로 말했다.

"역시, 형판은 천재야. 아니 그렇습니까? 중전!"

"이를 말씀입니까?"

"황공하옵니다."

형판이 허리를 꺾었다. 90도 각이다. 그는 왕비가 장호원에
있을 때 시시각각 변하는 한양 소식을 은밀하게 전해주던 비
밀창구였다. 훗날 유착 혐의로 탄핵 위기에 몰리며 후배에게
조사를 받았다.

그는 유배나 다름없는 지방 한직에 머물렀으나 왕비가 환궁
한 후, 지평에서 대사헌을 거치지 않고 무려 3단계나 뛰어넘
어 판서를 꿰찬 권력지향적인 인물이다.

"좋습니다. 좋구요. 앞으로는 이 물을 매일같이 대령하렷

다."

  이름 없는 약수터는 만세동방으로 지어졌고, 매일 궁궐로
약수를 나르는 내관이 지정되었다.

금강산 일만이천봉에 돈을 투하하라

왕과 왕비가 친히 신당을 찾아왔다. 병약한 아들의 치성을 위해서다.

"세자의 병치레가 멈추지 않아 걱정이구나."

"묘당에서의 치성은 한계가 있사옵니다."

"어떻게 하면 좋으냐?

"명산대천에 제사를 지내고 금강산 일만이천봉에 공양미를 바쳐야 합니다."

"일만이천봉씩이나?"

"백두산에서 출발하면 더 많은데 줄였습니다."

"알았다. 그리하도록 하라."

국가 공사를 따냈다. 왕조국가에서는 왕이 곧 국가다. 국고를 꺼내 쓰는 국책사업을 따낸 것이다. 녹봉 받는 관료들이 바치는 작은 것에는 양에 차지 않았다. 금도 한 냥 두 냥이 아니라 덩어리가 좋았다.

신바람이 난 진령군과 그의 아들 창열이는 전국 곳곳을 누비며 쌀가마를 내려놨고 금강산 일만이천봉에 쌀 한 섬과 돈 열 냥을 투하했다. 허나, 이는 콩고물에 불과했다. 콩떡은 창열이가 마련한 곳간에 쌓였다.

한양에서 제일 맛있는 술은 어디 있느냐?

술. 말도 많고 탈도 많은 기호식품이다. 당시 술은 양조장에서 주조하여 술집에 공급하는 유통체제가 아니었다. 사대부집은 대대로 내려오는 가양주를 빚어 제사에 쓰거나 손님 접대용으로 내놨고 주막이나 유곽은 각기 다른 술을 빚어 팔았다. 백 집 백 맛, 천 집 천 가지 술이었다. 한양에서 제일 맛있는 술은 어디일까?

개성에서 한양으로 천도한 이후 도성에서 쌍벽을 이루는 술이 있었으니 세조 잠저 시절 수양대군 사저에서 빚어내는 술과 서린방 홍일동의 집에서 빚어내는 술이었다.

법통을 이어받은 단종이냐? 대세로 떠오르는 수양대군이

냐? 중심을 못 잡고 헤메는 신숙주를 자신의 집으로 불러들인 수양대군이 가양주를 대접하며 신숙주의 마음을 얻었다는 비화는 공개된 비밀이다. 한마디로 대군댁 가양주는 술이 사람을 농락하고 홍일동집 술은 사람이 술을 희롱하는 술이다. 대군댁 술은 술이 술술 들어가면서 정신 줄을 놓게 하고 홍일동집 술은 한없이 들어가면서 담소하기 좋은 술이었다.

수양대군이 조카를 축출하고 등극하여 그의 큰아들이 의경세자가 되었으나 등극하지 못하고 요절하자 세자빈 역시 궁에서 나와 경운궁에 살 때까지는 대군댁 술이 명맥을 이어갔다. 세자빈이 한명회와 손잡고 왕위 서열 1위 제안대군을 제치고 그의 아들을 등극시켜 성종이 되었다. 왕의 어머니 세자빈도 궁에 들어가 인수대비가 되면서 명맥이 끊어졌다. 다시 말해 세조 이후 '홍일동집' 술이 단연코 으뜸이었다.

호방한 성격의 홍일동은 대단한 애주가였다. 매일같이 친지를 초대하여 "부어라, 마셔라. 먹고 갈래? 지고 갈래?" 호기를 부리며 그의 집에서 빚은 가양주를 한 동이씩 마셨다. 술을 잘 마셔 선위사로 발탁된 그는 세조와 함께 지방유람 중 홍주에서 술 두말을 먹고 대취하여 쓰러지자 세조가 어의로 하여금 구료하게 하였으나 끝내 숨을 거두었다. 주당으로서 영광의 죽음이다.

홍일동의 딸 숙의 홍씨는 궁에 들어가 폐비 윤씨의 시새움 속에 성종의 총애를 받아 아들 7명, 딸 3명, 도합 10명을 낳았으니 그가 낳은 아들이 견선군, 영원군 등 왕자가 일곱이므로 군칠(君七)이라는 이름을 얻었다. 임금이 빠진 우물은 무슨 맛일까? 상상하며 장안의 술꾼들이 꾸역꾸역 모여들었다.

어느 시대 어디에나 '짝퉁'은 있게 마련이다. '군칠이집'이 대박을 터뜨리자 여기저기 '군칠이집'이 생겨났다. 운종가에서 다른 업종을 영위하던 가가(假家)들이 속속 술집으로 전업했다. 모두가 한결같이 주등을 내걸고 '군칠이집'이라 했다. 영조시대 금주령으로 한때 철퇴를 맞았으나 고종 시대 한양 도성에는 '군칠이집'이 10개가 넘었다.

술집이 잘되자 원조집 싸움이 벌어졌다. 성일동 '군칠이집'은 400년 전 일이다. 그동안 서린방 성일동 집주인도 여러 번 바뀌었고 성일동 후손 역시 많이 흩어졌다. 피맛골에 있는 '군칠이집'이 자기네가 성일동 19대 후손집이라 하고, 수진방과 대사동에 있는 '군칠이집'도 자기네가 성일동 후손집이라고 나섰다.

홍일동 옛터에 있는 서린방 '군칠이집' 주인장이 팔판동으로 창열이를 찾아갔다.

"어떤 일이오?"

술집 주인장 주제에 자기를 찾아온 게 마뜩찮은 표정이다.

"인사금은 집사님에게 바쳤습니다요."

주인장이 넙죽거렸다. 누구라도 창열이를 만나려면 인사금을 선불해야 한다. 당상관도 예외가 없고 판서도 똑같은 절차를 거쳐야 한다.

"피맛골 '군칠이집'이 자기네가 원조집이라고 설레발치니 어떻게 하면 좋겠습니까요?"

"그래요?"

창열이가 거드름을 피우며 있지도 않은 수염을 쓰다듬었다.

"술맛은 물맛이지 않습니까?"

"그야 맞는 말이지."

"저희 집 물맛이야 장안에서 알아주는 물맛인데 제놈들 술맛이 제일이라고 헛소리를 합니다."

"고얀 놈들이군."

"어떻게 잡아들여 물고를 낼 수 없을까요?"

포도청에 잡아들여 곤장을 쳐 달라는 청탁이다.

"아무리 술장사해 먹고 살아도 죄 없는 사람을 잡아다 매타작을 하면 말썽이 생겨요."

"그놈 뒷배가 누구인지 모르지만 영감님이 더 쎄잖습니까?"

그놈 뒷배를 창열이가 봐주는 걸 주인장은 모르고 있는 것 같았다.

"그놈들하고 맞서서 싸우면 그놈들만 키워주는 꼴이 돼요."

"그러면 어떻게 하면 좋겠습니까?"

"굿판을 열어서 주당들에게 '우리집 술맛이 최고'라고 알려야 해요."

"굿이라굽쇼?"

"굿이 아니라 굿판이요."

창열이가 짜증스런 목소리로 신경질을 부렸다.

"굿하고 굿판하고 다르나요?"

"굿은 무엇인가를 바라는 치성이고 그런 바람 없이 그냥 놀게 하는 것이 굿판이에요."

"굿하고 굿판하고 그렇게 다르군요."

"여자하고 여성하고도 모르면서 술장사했다는 말이요?"

"몰라서 지송합니다."

핀잔을 먹은 주인장이 손바닥을 비볐다.

"어떻게 해야 하나요?"

"어머니가 데리고 있는 사물패를 빌려줄 테니까 마당에서 한바탕 굿판을 벌여요."

"무당도 없이 어떻게 굿을 한단 말입니까?"

"굿이 아니고 굿판이라 하지 않았습니까? 남사당패는 눈을 즐겁게 하지만 사물패는 영혼을 흔들어 놓아요."

"영혼이라굽쇼?"

"그렇소, 남녀노소 누구나 영혼이 흔들리면 마음이 붕 뜨게 돼 있어요."

"그런 방법도 있군요."

"그리고 내가 포도청에 일러둘 테니까 방을 써서 도성 곳곳에 붙여요. 며칠 날 어디에서 굿판을 벌인다구."

"고맙고 또 고맙구먼요."

양손을 앞으로 모으고 허리를 구부리고 있는 쥔장을 창열이가 뱁새눈으로 내려다보았다. 얼마를 내겠냐는 투다.

"천 냥 올리겠습니다요."

"술장사했으면 돈을 많이 벌었을 텐데….."

창열이가 말끝을 흐렸다. 적다는 또 다른 표현이다.

"기집 장사를 안 해서 많이 벌지 못했습니다요."

"왜 안 했수?"

"딸 가진 애비로서 사당년 아랫도리 판 돈 뜯어먹는 모가비처럼 그 짓은 못 하겠드만요."

"탁주에 물 부어 팔아먹긴 해도 그 짓은 못 하겠드라?"

창열이가 자신의 비밀을 꿰뚫어 보고 있는 것 같아 주인장은 좌불안석이다.

"천냥 더 올리겠습니다."

"가보시오."

창열이 집을 물러난 주인장은 굿판 준비에 들어갔다.

술집이 번성하자 문제가 생겼다. 누룩이다. 누룩은 술 제조에 없어서는 안 될 필수 재료다. 쌀과 누룩을 발효시키면 술이 된다. 일명 탁주다. 대용으로 옥수수나 감자를 쓸 수 있지만 품질이 떨어진다. 맑은술을 증류시키면 소주가 되고 막 걸러서 먹으면 막걸리가 된다. 때문에 막걸리의 최고 도수는 18도지만 소주는 40도에 이른다.

운종가에는 은국전(銀麴廛)이라는 특이한 전포가 있었다. 일반 소비자를 상대하는 가게가 아니라 도가에 누룩을 공급하는 원료 공급처였다. 전(廛)이 말해주듯이 육의전처럼 조정에 역을 지고 누룩 공급의 독점권을 행사하는 전포(廛布)였다. 희석식 소주 생산업체에 주정(酒精)을 공급하는 회사와 비슷하다.

수요와 공급에 차질이 생겼다. 수요는 늘어 가는데 공급이 달렸다. 밀국(密麴)이 생길 수밖에 없었다. 이권이 있는 곳에 밀(密)이 기생한다. 밀수, 밀주, 밀도살처럼. 여기저기 누룩 난전이 생겨나고 누룩 밀제조가 우후죽순처럼 생겨났다. 창열이는 술집 뒷배도 봐주고 누룩 밀제조자들의 바람막이 역할도 해주며 뇌물을 챙겼다.

굿판이 열리는 날이다. 입동 날을 택해 날을 잡았다. 방(榜)을 보았을까? 입소문을 들었을까? 팍팍한 세상, 놀이에 허기진 도성의 사람들이 구름처럼 몰려나왔다.

진령군이 내어준 사물패가 길잡이 역할을 했다. 우레와 같은 천둥소리를 내는 꽹과리, 바람을 부르는 징, 구름을 이끄는 북, 비를 희롱하는 장구 소리가 서린방 청계천 변에 울려 퍼졌다. 사물패는 농악놀이에도 쓰이고 무당들의 굿에도 쓰인다. 농악놀이에서는 분위기를 잡아 주고 무당굿에서는 귀신을 부른다.

영혼을 울리는 징 소리가 분위기를 잡았다. 상모잡이가 상모를 잡아 돌리고 상쇠의 목말을 탄 무동이 덩실덩실 춤을 추었다. 난생처음 보는 놀이에 구경꾼들은 넋을 잃고 쳐다봤다.

신바람이 난 쥔장이 도성의 한량과 건달들에게 수십 동이의 술을 공짜로 내놓았다. 공짜라면 독약도 마신다고 하지 않았던가. 공짜 술에 사물패 놀이까지 있으니 주당은 물론 술을 먹지 못하는 어린아이와 여인네들까지 덩달아 분위기에 취했다.

넘침은 부족함만 못하다 했던가. 사람이 너무 많이 몰리다 보니 인파에 떠밀려 사람이 청계천에 떨어지면서 많은 사람이 사망했다. 압사(壓死)다. 사람이 사람에 눌려 숨 못 쉬고 죽은 것이다. 죽을 고비에서 살아난 사람들은 팔이 부러지고 갈비뼈가 으스러졌다. 희생자가 발생하자 우포청의 포도대장은 안면몰수를 했고 한양 윤은 뒷짐을 졌다. 죽고 다친 사람만 억울할 뿐 누구 하나 책임지는 사람은 없었다.

도성이 발칵 뒤집히고 책임논쟁이 벌어졌다. 제 발로 갔으니 죽은 사람이 책임이라는 사람이 있는가 하면, 임금이 북묘에 가느라 금위영 군졸들과 포도청 포졸들을 호위 인력으로 빼돌리다 보니 인파를 통제할 수 없어서 일어난 참사(慘死)라는 사람들이 있었고, 형조에서 아편사범 단속하여 실적을 뽐내려다 직무를 유기한 인재(人災)라는 사람도 있었다. 그러나 누구 하나 책임지는 사람은 없었고 창열이의 주머니만 두둑해졌다.

임금의 손바닥에 황(皇)자를 써라

왕과 왕비가 은밀히 신당을 찾아왔다. 정승판서는 물론 도 승지도 없다.

"황제가 된다는 소리를 들은 이후부터 잠을 이루지 못하고 있단다."

"황후가 그렇게도 좋으십니까?"

"좋다 마다 뿐이겠느냐."

"언니두 차암! 시골 처녀에서 왕비가 되었으면 됐지 뭘 더 바라십니까?"

"넌 권력의 속성을 몰라서 그런 말을 한단다. 조정에 출사하면 참의가 되고 싶고, 참의가 되면 참판이 되고 싶고, 참판이 되면 판서가 되고 싶고, 판서가 되면 영의정이 되고 싶단다. 왕도 마찬가지다 황제 아래 여러 왕 중의 하나, 그러니 황제가 되고 싶지 않겠느냐?"

"전하도 그리 생각하십니까?"

"대륙에선 황제(皇帝), 바다 건너에선 천황(天皇), 북쪽에선 노랑머리 짜르가 심기를 거슬리게 하니 난들 그리 생각하지 않겠느냐?"

"전하! 그럼 비방을 써야 합니다."

"비방이라 했느냐?"

"네, 전하!"

"어떻게 하는 것이냐?"

"몸에 부적을 새겨야 합니다."

"옥체라 했느냐?"

왕비가 발끈하고 나섰다.

"네, 마마!"

"당치 않은 소리다. 어찌 감히 옥체에 손을 댄단 말이냐?"

"손바닥에 글자를 쓰는 것입니다."

"픕!"

왕비가 입을 가리고 웃어 버렸다.

"심각한 얘기가 오고 가는데 중전은 웃음이 나옵니까?"

왕이 왕비를 꾸짖었다.

"네가 할 수 있느냐?"

"저는 아직 그 경지까지는 이르지 못하였습니다. 저희 스승을 모서 와야 합니다."

"알았다. 모서 오도록 하라."

* * *

왕과 왕비가 돌아간 며칠 후, 다시 찾아왔다.

"자네가 아주 영험한 부적을 쓴다는 자인가?"

"네, 전하! 영험까지는 모르겠사오나 효험이 있다고들 합니
다."

"자네 이름이 무언가?"

"천궁이라 하옵니다."

"중인가? 승니인가? 땡초인가?"

"독립승이옵니다."

"독립승이 무언가?"

"어느 종단에도 소속되어 있지 않은 영혼이 자유로운 사람입니다."

"전하! 저의 스승이며 도사입니다."

진령군이 보충 설명하고 나섰다.

"도사라고 했느냐?"

"네, 전하! 우주 만물의 이치를 깨우친 도사입니다."

"도사가 부적을 쓰면 도가 통한단 말이지?"

"네. 전하!"

명신이가 배시시 웃었다.

"그럼 시작해 보도록 하라."

임금의 명이 떨어졌다.

"진령군! 먹을 준비하시게."

도사가 명신에게 지시했다. 명신이가 먹과 벼루를 대령했다. 보통의 지필묵에는 종이와 붓과 벼루와 먹, 그리고 연적이 나오는데 딱 두 가지다.

벼루를 받아 든 천궁이 약지를 깨물어 피를 흘렸다. 검은 벼루에 핏방울이 뚝뚝 떨어졌다. 먹을 잡은 천궁이 맹렬한 속도로 먹을 갈았다. 물이 아닌 피로 먹을 간 것이다. 천궁의 이마에 땀방울이 송글송글 맺혔다. 천궁이 먹 가는 속도를 더 높였다. 이마에서 흘러내리던 땀방울이 벼루에 떨어졌다. 핏방울과 땀방울과 먹이 하나 되어 먹물이 만들어졌다.

"전하! 손바닥을 펼쳐 주십시오."

붓도 없이 어떻게 부적을 쓴다는 것인지 의아해 하고 있을 때, 도사가 치렁치렁한 생머리를 앞으로 잡아당겨 말아 쥐었다.

머리카락 끝에 먹물을 찍은 천궁이 임금 손바닥에 백(白)자
와 왕(王)자를 섰다. 황(皇)자를 쓴 것이다. 글쓰기를 마친 도
사의 이마에서 땀방울이 비 오듯 흘러내렸다.

"3일간 해를 봐서도 안 되고 씻어도 안 됩니다. 요물을 만져
서는 더더욱 안 됩니다."

"요물이라 했느냐?"

"금욕하시라는 말씀입니다."

"금욕?"

"여자의 거기를 만지지 마시라는 말씀입니다."

명신이가 끼어들어 부연 설명했다. 그 모습을 바라보던 왕
비가 빙그레 웃었다.

"금기사항을 지키고 3일만 넘기면 머지않아 황제가 될 것입

니다.”

“정말이냐?”

왕비의 입가에 함박웃음이 피어났다.

“그러하옵니다. 황후마마!”

네 사람의 입가에 웃음꽃이 피었다. 이로부터 3년 후, 조선
26대 국왕 고종이 황제가 되었으니 무어라 말해야 할까.

4장

민비 시해사건

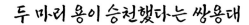

두 마리 용이 승천했다는 쌍용대

안동김씨 위세 앞에 파락호 신세를 면치 못하던 대원군이 조선팔도에 명성을 날리던 풍수 정만인을 찾아갔다.

"왕실이 무너졌습니다."

"이대로 가면 나라가 망합니다."

정만인은 주관이 뚜렷하고 반골 정신이 강한 인물이다. 안동김씨 세도정치의 폐해를 알고 있는 그들은 이심전심 통했다.

"어찌하면 좋겠소?"

"천자 둘이 나올 명당 터를 알려줄 터이니 아버지 묘를 이장하십시오."

"정말이오?"

"개인 이하응을 위한 조언이 아니라 나라를 위한 고언이니 서둘러 주십시오."

대원군이 아버지 묘를 이장하기 위하여 정만인이 비정한 가야산 자락을 찾았다. 허나, 그곳에는 절집이 있었다. 더구나 명당의 혈(穴)이라고 짚어준 곳에는 석탑이 있었다. 그렇다고 물러설 대원군이 아니다. 계략을 꾸며 절을 불태우고 석탑을 부숴버린 대원군은 경기도 연천에 있던 아버지 묘를 이장했다. 이곳이 충남 예산군 덕산면 상가리의 남연군 묘다. 그로부터 7년 후 대원군은 둘째 아들 명복을 낳았고 그가 현재 왕의 자리에 있다.

신통방통을 느낀 대원군이 정만인을 불렀다. 이제는 찾아간 것이 아니라 운현궁으로 부른 것이다.

"음택도 중요하지만 양택도 중요하다 들었소. 예전엔 개인이 아닌 국가를 위해 조언해 주었는데 이번에는 개인을 위해 조언해 주시오."

"여부가 있겠습니까."

"운현궁을 지고 갈 수도 없고 어디가 좋겠소?"

"인왕을 건너뛰어 무악과 금화산을 통과한 용이 청암동에서 한강에 입을 대고 있는데 오른쪽 수염이 물에 잠기는 곳이 있습니다."

"거기가 어디요?"

"두 마리 용이 승천했다는 쌍용대입니다."

"가봅시다."

애오개를 넘어 현장에 도착한 대원군은 무릎을 쳤다. 제물포 앞바다 조수의 영향을 받아 밀물 때는 한강 물이 자박하게 들어오고 썰물 때는 강돌과 모래가 드러나는 언덕배기에 느티나무 한 그루가 자리 잡고 있었다.

삼개나루는 팔도의 물산이 모여드는 거점 포구다, 양곡과 어물은 물론 나라에서 관리하는 소금창고가 주변에 즐비했다. 일명 염리동 소금 창고다.

서해안에서 생산된 소금이 강 건너 염창에 일단 집하되었다가 각 아문 소속별로 분배되어 염리동 창고로 운반되었다. 배당을 받은 사옹원 수레는 어디 창고로 가고 예조소속 관리들에게 급료로 나누어줄 수레는 어디 창고로 가는 식이었다.

"천하의 명당이구려."

풍수 정만인이 지명하기 전에 대원군이 탄성을 질렀다.

"저기 보이십니까? 저곳이 쌍용대입니다. 이곳에 집을 지으면 천자 둘은 예약된 것이나 다름없습니다."

대원군은 이곳에 99칸 대저택을 짓고 별장으로 삼았다. 아소정이다. 대원군은 권력지향적인 인물이기도 했지만 예술을 사랑하는 낭만파이기도 했다.

난을 치며 담소를 나눌 때는 자하문 고개 넘어 석파정을 이용했고, 자식들과 가족사를 나눌 때는 시흥에 있는 별장을 이용했지만 머리를 식히거나 새로운 정책구상을 할 때는 공덕리 별장을 이용했다.

천자는 황제를 뜻한다. 왕하고 다르다. 풍수지리가 과학일까? 우연일까? 대원군의 아들이 황제가 되었고 손자가 황제가 되었다. 알다가도 모를 것이 풍수지리다.

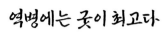

역병에는 곳이 최고다

도성에 역병이 창궐한다는 도승지의 보고를 받은 임금이 호조판서와 제종원 원장을 들라 명했다. 제종원은 미국 북장로회 선교부와 조선 정부가 합의하여 계동에 있던 왕립병원 제중원을 확대 개편하여 구리개에 설립한 근대식 병원이다.

"역병이 창궐한다니 어느 정도입니까?"

왕비가 하문했다.

"도성에서 하루에 600명의 사망자가 발생하고 곡소리가 그칠 날이 없습니다."

호조판서가 죄인이라도 되는 듯이 허리를 꺾고 손을 비볐다.

"무슨 괴질이오?"

임금의 시선이 제종원 원장에게 향했다.

"콜레라라고 합니다."

푸른 눈의 제종원 원장 에비슨이 또박또박 우리말로 답했다. 그는 종2품 가산대부를 하사받은 조정 신하였다.

"콜레라가 무엇이오?"

콜레라를 콜레라라고 말했는데 콜레라가 무어냐고 물으니 에비슨이 할 말을 잃고 호조판서를 쳐다보았다.

"백성들은 호열자라고 부르는데 조정에서는 호역이라고 합니다."

"치료 방법이 무엇이오?"

임금의 시선이 다시 에비슨에게 옮겨갔다.

"길거리에 나가보면 변소에서 흘러나온 오물이 골목길 도랑
에 넘쳐나고 바로 옆 우물에서 동네 사람들이 채소를 씻고 식
수로 사용합니다."

"동네 사람들이 살아가는 데 물은 꼭 필요하지를 않습니
까?"

"지당하신 말씀입니다. 하지만 불결하고 비위생적이라는
말씀입니다."

"그렇다고 한강 물을 퍼다 먹을 수야 없지 않습니까?"

"변소를 청결히 사용하고 골목길 도랑물을 하수처리 하여야
합니다."

"그걸 어느 세월에 한단 말입니까?"

왕비가 끼어들었다.

"콜레라는 수인성 전염병이니만큼 세균에 오염되지 않은 깨끗한 물을 먹거나 끓여 먹어야 합니다."

"맹물을 끓여 먹어야 한다구요?"

왕비가 되물었다.

"오염된 물에는 우리 눈에는 보이지 않지만 세균이 많이 서식하고 있습니다."

"안 보이면 없는 것이지 무슨 말씀을 그렇게 하십니까?"

벽하고 대화하는 기분일까? 에비슨이 천정을 바라보았다.

"듣자 하니 돈의문 밖 애오개 능선에 애기들 묘가 발 디딜 틈 없이 들어섰고 시구문 밖 공동묘지에도 들어갈 자리가 없다는데 사실이오?"

임금이 걱정스러운 눈초리로 호조판서를 바라보았다.

"불행하게도 그렇습니다."

"산 사람도 갖다 버린다는데 참이오?"

"돌림병에 걸린 사람을 집에 두면 옆 사람도 걸리고 자꾸만 번지니까 갖다 버리는 경우도 있습니다."

"시구문과 서소문, 그리고 혜화문 밖으로 시신이 나가려면 급행료를 내야 한다는데 무슨 말이오?"

"도성에 사대문과 사소문이 있는데 원칙적으로 사대문에는 시신 출입을 금지하고 있습니다."

"알고 있습니다."

"산 사람은 호패로 신분을 확인하고 출입을 허가하는데 죽은 사람은 범죄에 연루되었을까 봐 면밀히 살펴본 후에 나가는 것을 허락하다 보니 역병 사태에 지체되어서 그렇습니다."

"번호표를 사고판다는 말은 무슨 말이오?"

"역병으로 죽은 자를 사소문 밖 묘지에 장사를 지내야 하는데 문 앞에 시신이 줄지어 있으니 빨리 통과하려는 자들이 옷

돈을 주고 사들이나 봅니다."

"사소문은 어디서 관장하나요?"

"병조입니다."

"병판은 들라 이르라."

호조판서와 제종원 원장을 내보낸 임금은 병조판서를 부르고 왕비는 명신이를 불러들였다.

"도성에 괴질이 돌고 있다는데 알고 있느냐?"

"알고 있다마다요. 벌써 병굿을 여러 건 치렀습니다."

"전하께서 걱정이 되셨는지 서양 의사를 불러들여 대책을 하문했더니 골목길 도랑을 고치고 물을 끓여 먹으라고 하더구나."

"개 같은 소리 하지 말라 하십시오."

"말버릇이 그게 무어냐?"

"무당년이 궁에 들어왔다고 뭐가 달라질 게 있겠습니까?"

명신이가 자조 섞인 웃음을 날렸다.

"전하께서 진령군이라는 군호를 내려주셨으면 그거에 맞는
행동과 말을 써야지, 그래서야 쓰겠느냐?"

"사실 몸에 맞지 않은 옷을 입고 있는 것 같아 불편하기 짝
이 없습니다."

"남들은 벼슬을 못 받아 안달이 나고 더 높은 벼슬을 달라고
선물 보따리를 싸 들고 쫓아다니는데 넌 호강에 겨운 소리를
하는구나."

"전, 장호원이 그립습니다. 그곳으로 가버릴까 봐요."

"안 된다. 안 돼!"

왕비가 명신이의 손목을 잡았다.

"넌 나를 누구라 부르느냐?"

"언니요."

"그래, 모든 사람이 나를 마마, 중전마마라고 부르는데 유일하게 너 하나만은 언니라 부른다. 이 세상에 하나밖에 없는 언니란 말이다. 네가 궁을 떠나면 언니라 부를 수 있는 사람이 누가 있겠느냐? 아서라. 그런 소리는 당최 입 밖에 내지를 말아라."

왕비가 명신이의 손을 더욱 꼭 잡았다.

"서양의사 하는 말이 호열자와 말라리아를 치료하려면 외국에서 키니네를 많이 수입해 들여와야 한다고 그런다."

"젓 같은 소리 하지 말라 하십시오."

"또, 또, 또."

"지가 지 주머니 털어서 사 온다 합디까? 다 콩고물이 생각나서 그런 겁니다."

"그럼 어찌하면 좋겠느냐?"

"병굿을 해야지요."

"굿?"

"가정에도 병자가 있으면 병굿을 하듯이 나라에도 병자가 많으면 병굿을 해야 합니다."

"어디서 말이냐?"

"귀신은 탁 트인 공간보다도 은밀한 곳을 좋아하니 군기시 앞이나 보신각 앞 광장에서는 할 수 없습니다."

"그럼 어디서 하면 좋겠느냐?"

"경복궁을 둘러보니 북쪽에 은밀한 곳이 있습니다."

"그곳이 어디냐?"

"태원전입니다."

"태원전이라고?"

　왕비가 난색을 표했다. 태원전은 궐에서도 가장 엄숙한 공간이다. 왕과 왕비가 죽으면 빈전에 관을 모시고 발인을 거쳐 재궁을 왕릉에 안치하고 신주를 종묘에 모시기까지 약 27개월 동안 이승과 저승을 왔다 갔다 하는 귀신을 영접하고 배웅하는 곳이다.

"왜, 어렵겠습니까?"

"어려운 건 아니고."

　왕비가 말꼬리를 흐렸다.

"음습한 곳을 좋아하는 귀신을 모시기에 그보다 좋은 곳이 없습니다."

"알았다. 그곳에서 하도록 하여라."

　왕비가 마지못해 허락했다.

"옙, 그곳에서 하도록 하겠습니다."

"비용은 얼마나 들겠느냐?"

"3백 3십 3만 냥만 내놓으십시오."

"하필이면 삼삼삼이냐?"

"귀신들이 제일 무서워하는 숫자가 3입니다."

"알았다."

태원전 마당에 굿판이 마련되었다. 건중이 법사 패거리를 몰고 오고 천궁이 스님 비슷한 자들을 몰고 왔다. 머리를 깎은 사람도 있고, 길게 땋아 늘인 사람도 있다. 장삼을 걸친 사람도 있고 평복을 입은 사람도 있다. 한두 명이 아니다. 수십 명이다. 진짜 스님인지, 가짜 스님인지, 땡초스님인지 여기서는 중요하지 않았다. 궁에 진출한 명신이를 교두보 삼아 무당 세계의 존재감을 보여주면 그만이다.

상좌에 임금의 자리가 마련되고 그 바로 옆에 왕비의 자리가 마련되었다. 영의정을 비롯한 삼정승과 6조 판서, 참판, 참의 등 고위 관료는 물론 당상관 이상 고위 관리가 참관했다. 무당 명신이의 위상과 무당의 세를 보여주면 대성공이다. 무당 명신이를 업수이 보지 말라는 세(勢) 과시다.

국초(國初). 조선 초기부터 가뭄이 들면 임금은 부덕의 소치라 자책하며 명산대천에 기우제를 지내고 남산과 북악산에 사람을 보내어 제사를 지내게 했다. 한재(旱災)에 고통받는 백성들의 마음을 어루만지기 위한 일종의 통치술이었다. 헌데, 왕과 왕비를 모시고 굿을 펼치는 것은 개국 이후 처음 있는 일이었다.

강한 바람은 강롱으로 잠재워야 한다

1894년 건청궁.

"마마! 마마! 큰일 났사옵니다."

"무슨 일인데 이리 소란이냐?"

"농민 비적 떼들이 관군을 무너뜨리고 한양으로 쳐들어오고 있답니다."

"이거 큰일이구나."

왕비는 지난 임오년 구식군대 난동 때, 허겁지겁 궁을 빠져

나가던 일이 악몽으로 되살아났다.

"진령군을 들라 이르라."

"예이!"

색장나인이 뛰어나가려는 순간,

"아니다, 내가 묘당으로 갈 테니 차비를 놓아라."

간단하게 채비를 갖춘 왕비가 궁녀 몇 사람을 대동하고 북
묘를 찾았다.

"마마! 어인 일이시옵니까? 기별도 없이?"

"천 리를 내다보고 있다는 년, 내가 온다는 것도 모르고 있
었단 말이냐?"

"에이! 언니두! 어서 안으로 드시지요."

불상을 비롯하여 오만 잡상이 즐비하고 촛불이 켜진 신당

앞에 왕비와 무당이 마주 앉았다.

"부르시면 뛰어갈 텐데 어인 일로 이렇게 급히 오셨습니까?"

"남녘에서 농민 비적 떼들이 날뛴다 하여 홍계훈을 초토사로 내려보냈는데 그마저 무너졌단다. 이 일을 어찌하면 좋겠느냐?"

"구식군대 애들이 소란을 피울 때 언니를 등에 업고 장호원까지 왔다는 그 무예별감 말입니까?"

"그렇단다."

"호호호."

명신이가 입을 가리고 웃었다.

"남은 속이 타는데 웃음이 나오느냐?"

"무예별감이 언니를 또다시 등에 업고 싶어서 그러나 봅니다."

"뭣이라고?"

"남자들은 젊으나 늙으나 짐승이라니까요."

"무슨 얘기냐?"

"남자들이 여자를 등에 업으면 그거 있잖습니까? 그거."

"그게 무어냐?"

"여자의 치골이 등뼈를 자극하면 기분이 좋아지고 쾌감을
느낀다 하옵니다."

왕비가 푸시시 웃었다.

"농담 그만하고 대책을 내놓아라."

"제가 어디 용한 무당이라 하더라도 제가 하는 것입니까? 신
에게 여쭤봐야 합니다."

"어서 여쭤봐라."

"묘당의 주인은 저고, 제가 모시는 신은 관운장입니다. 관운장이 어디 시시껄렁한 쫄따구입니까? 관우 장군에게 한 말씀 구할 때는 엎드려 절을 올리고 주문을 외어야 하는데 기억력이 안 좋은 언니는 주문을 못 외울 테니까 제가 절을 올리면서 주문을 외울 테니 언니는 절만 올리세요."

왕비와 무당이 관운장 화상 앞에 엎드려 절을 올렸다. 이 모습을 지켜보던 궁녀들이 못 볼 걸 보았다는 듯이 얼굴을 감싸고 외면했다.

절을 마친 명신과 왕비 사이에 점상(占床)이 마련되었다. 오방색 꽃 수술이 달린 방울과 엽전 몇 개와 한 줌의 쌀, 거북이 등에 꽂혀있는 시초(蓍草) 108개가 가지런히 놓여있다.

"언니!"

"왜 그러느냐?"

"제 왼손이 어디에 가 있습니까?"

"동전이구나."

"오른손은요?"

"시초구나."

그 순간, 거북이 등에서 뽑힌 시초 3개와 동전 3개가 동시에 점상에 던져졌다.

"보셨나요?"

"뭘 말이냐?"

"금방 관우 장군이 지나갔습니다."

"내 눈에는 안 보이던데…."

"그러니까 제가 신딸이지요."

"그래. 넌 신딸이고 난 왕비다."

“이 세상에서 가장 빠른 게 뭔 줄 아세요?”

“천리마지.”

“먹물 먹은 사람들은 빛이라고 하는데 빛보다 빠른 게 있습니다.”

“그게 뭔데?”

“영속(靈速)입니다.”

“영속이 무어냐?”

“영이 나타났다 사라지는 속도인데 광속보다 억만 배는 빠릅니다.”

“그래서?”

“그래서 언니 눈에는 안 보이고 제 눈에는 보였단 말씀입니다.”

"신기한 세상이구나."

"점상에 흐트러진 게 보이시죠?"

"뭘 의미하느냐?"

"동전 3개 중에 한 개는 점상에 착지하지 못하고 굴러떨어졌습니다."

"무슨 뜻이냐?"

"우리 군대로는 저들을 막지 못합니다."

"그럼 어떡하면 좋으냐?"

왕비는 겁이 덜컥 났다.

"이영태를 안핵사로 내려보내는 것이 실패했습니다. 저들의 기세가 사뭇 등등하기 때문입니다. 눈에는 눈, 이에는 이로 대처하듯이 강한 바람은 강한 바람으로 잠재워야 합니다."

"강한 바람이라고?"

"상 바닥에 내려앉지도 못하고 굴러떨어진 바람은 북풍이고 강한 바람을 잠재울 바람은 남풍입니다."

"남풍은 어디냐?"

"108개의 효(爻)에서 화가 뽑혔습니다."

"화(火)라니?"

"화는 오행 중에서 남쪽입니다. 생성과 창조를 의미하고 적극적으로 행하여야 성취할 수 있습니다."

"적극적이라고?"

"네, 머뭇거리면 실기할 수 있고 적극적으로 대처하면 새로운 역사를 창조할 수 있습니다."

"화가 어디냐?"

"일본입니다."

왕비는 순간, 고민에 싸였다.

"상 바닥에 제대로 착지도 못 한 엽전처럼 제구실을 못 하는 청나라를 버려야 한단 말인가? 그렇게 믿었던 대국을 배신해야 한단 말인가? 일본이 언제부터 그렇게 강해졌단 말인가? 그 배후에는 누가 있을까? 흑선(黑船)을 타고 와서 일본을 열어젖힌 미리견, 그 뒤에 영란. 그렇구나. 대륙 세력은 패퇴하고 해양 세력이 뜨는 시대구나."

골똘히 생각하던 왕비가 자리에서 일어났다.

"돌아갈 준비를 하여라."

상궁과 나인들이 채비를 갖추기 시작했다.

"언니두 참, 그냥 가시면 관우 장군님께서 섭해하시죠."

왕비가 관운장 화상 앞에 황금 삼만 냥을 바치고 절을 올렸다.

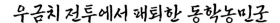

우금치 전투에서 패퇴한 동학농민군

1892년. 평화로운 농촌 마을 고부에 조병갑이 부임해 왔다. 고부는 김제 정읍을 흐르는 만경강을 끼고 있는 곡창지대다. 지방관들은 생산물이 많이 나오는 지역을 선호했다. 평강이나 강릉처럼 높은 사람들이 산천 경계 좋은 곳을 유람하다 들리는 고장은 고관대작들 뒷바라지에 고달팠지만, 농토가 많은 지역은 그렇게 접대할 필요도 없고 콩고물이 많이 떨어지기 때문이다.

조병갑은 양주 조씨 집안에서 금수저를 물고 태어났다. 조병갑의 증조부는 의령현감을 지낸 조종철이고, 조부는 진주목사를 지낸 조진익이며 아버지는 태인군수와 호조참판을 지낸 조규순이다.

조병갑 역시 함양현감과 김해부사를 지내고, 영동현령과 익산군수를 지내다 고부군수로 왔다. 중앙정계를 쥐락펴락하는 민씨 척족에게 얼마를 바치고 영전해왔는지 능력이 탁월해 영전해왔는지 아는 사람은 알고 모르는 사람은 모른다.

이 무렵 돌려 박기에 신바람 난 민씨 척족은 지방관 임기 2년을 1년 6개월로 단축 운용했다. 6개월이 짧아진 피임용자들은 짧아진 만큼 부임 초기부터 수탈에 들어갔다. 본전 생각이 난 그는 부임 첫해 만석보 공사를 서둘렀다.

고부는 주민 자체적으로 만든 수리시설이 잘되어 있어서 추가적인 저수지가 필요 없었으나 농민들은 군소리 못하고 강제 노역에 동원되었다. 첫해에는 수세를 받지 않겠다는 약속과 달리 조병갑이 수세를 징수하자 농민들의 분노가 폭발하여 만석보를 헐어 버렸다.

조병갑은 인근지역 태인군수를 지낸 아버지의 공덕비를 세운다고 자발적인 헌금이라는 이름을 붙여서 모금을 강행했다. 결정적인 계기는 전봉준의 아버지 전창혁 사망사건이다. 시골 훈장이었던 전창혁이 농민들에게 악행을 멈춰줄 것을 요구하는 탄원서를 올렸으나 농민들의 소원을 들어주기는커녕 모친상 때 만족할 만한 부조금을 거둬내지 않았다고 매질을 가하여 한 달 만에 장독(杖毒)으로 죽게 했다.

전봉준을 중심으로 의기투합한 20여 명은 동학 지도부에 사발통문을 돌리는 한편 농민군 1천여 명은 이마에 흰띠를 두르고 말목장터에 집결했다. 고부 관아를 습격한 농민군은 관아를 접수하고 무기고를 털었다. 무장을 갖춘 농민군은 곧바로 전주로 진격해 전주감영을 깨버렸다. 이때 합류한 농민군이 태인 접주 김개남, 무주장수 접주 손화중이다.

사기가 오른 농민군은 황토현에서 전주 관군을 격파했다. 이에 놀란 조정에서 홍계훈을 초토사로 임명하여 내려보냈으나 그 역시 농민군에게 추풍낙엽처럼 떨어져 나갔다.

그해 초겨울 11월 9일. 함열, 강경, 논산 찍고 공주로 진격한 농민군은 대규모 관군에 길이 막혀 판치 봉우리와 봉황산에 진을 치고 전열을 가다듬었다.
관군과 일본군 역시 우금치에 주력부대를 배치하고 웅치, 금강나루, 효포 봉수대, 공산성에 2선을 대기했다.

드디어 결전의 시간이 다가왔다. 대장 전봉준의 공격 명령에 따라 농민군이 일제히 우금치를 공략했다. 일본군 모리오 대위 역시 기다렸다는 듯이 우금치 동쪽 견준봉 능선에 걸어 놓은 기관총으로 사격하고 물러났다. 치고 빠지기 전술이다.

여우 같은 모리오 대위의 전술에 말려든 농민군은 40~50차례의 공격에서 많은 사상자를 냈다. 1만 명의 농민군 중에서 살아남은 자는 5백여 명에 불과했다. 우금치 전투에서 패퇴한 농민군은 전봉준이 체포되어 한양으로 압송되는 것으로 막을 내렸다.

조선 관군의 공식기록인 〈공산초비기〉에는 이렇게 기록되어 있다.

"처음에는 성하영의 경리청군이 홀로 그들의 공격을 감당하였으나 가히 지탱할만한 형세가 되지 못하여 일본군 병관 모리오 대위가 군사를 나누어 우금티와 견준봉 사이에 배치하였다.

관군과 일본군은 산등성이에 벌리고 서서 일제히 사격하고 다시 숲 속에 숨었다가 적이 능선을 넘어오려고 하면 또다시 산등성이 올라가 일제히 사격을 가하였으니, 이렇게 되풀이한 것이 40~50차례나 되어 농민군의 시체 더미가 온 산에 가득하였다.

쓰러진 동료가 있으면 뒤나 옆으로 피하는 것이 본능인데, 앞선 동료가 총에 맞아 쓰러져도 두려움 없이 직진하다 총탄을 맞고 쓰러져 시신이 포개지고 또 포개졌다.

도대체 저들은 무슨 의리(義理)와 무슨 담략(膽略)을 지녔기에 저리 할 수 있단 말인가. 지금 그때 그들의 행동을 말하려 하니 생각만 해도 뼈가 떨리고 마음이 서늘해진다.”

청일전쟁

동학농민군 진압을 구실로 아산에 상륙한 청나라 군사 2,800명과 제물포를 통하여 상륙한 일본 군대 8,000명은 조선 조정의 철병 요청에도 꿈쩍하지 않았다. 오히려 일본 군대는 한양으로 진군해 용산에 주둔했다.

7월 25일, 안산 앞바다 풍도에서 일본 해군이 청나라 해군을 공격했다. 청일전쟁 발발이다. 3일 후, 아산에 상륙하여 성환에서 숙영하던 청나라 군사 3,500명을 요시마사가 지휘하는 일본 육군이 기습 공격하여 청군에게 큰 피해를 줬다.

500명의 사상자를 내고 퇴각한 청나라 군사와 일본 군대가 평양에서 맞붙었다. 남의 나라 땅에서 외국군대가 격돌한 것이다. 9월 15일 새벽, 일본군 17,000명은 평양성에 주둔한 청군 14,000명을 공격했다. 수많은 사상자를 낸 청나라는 생존자 2,000여 명을 이끌고 압록강 너머로 철수했다.

"국경을 넘을 것인가? 말 것인가?"

의주에서 본국의 훈령을 기다리던 야마가타 아리토모에게 급전이 날아 왔다.

"적을 추격하라."

압록강을 건넌 야마가타 아리토모가 지휘하는 제1군은 안동을 거쳐 파죽지세로 요동을 점령했다. 여세를 몰아 공격의 고삐를 늦추지 않은 아리토모는 단숨에 대련과 여순을 손에 넣었다.

패전을 승복한 청나라의 제의로 시모노세키에서 이홍장과 이토 히로부미가 마주 앉았다. 정전회담이다. 여기에서 청나라는 대만을 내주고 3억 6천만 엔을 전쟁 배상금으로 지불하는 것에 동의했다. 일본 정부 4년치 세입에 해당하는 금액이다. 또한, 청나라는 조선에서 완전히 손을 뗀다는 시모노세키

조약에 서명했다. 대륙의 지존 청나라의 굴욕이며 일본의 부상이다.

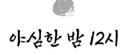

야심한 밤 12시

을미년 10월 8일. 초승달이 하얀 눈썹을 드러낸 어두운 밤 자시. 대원군이 중국에서 돌아와 깊은 잠에 빠져 있는 야심한 밤. 그의 별장 아소정을 서성이는 일단의 무리가 있었다.

"실시하라."

명령에 따라 별장을 경호하는 수비대를 제압한 괴한들은 수비대 군졸을 꽁꽁 묶어 한쪽으로 몰아넣었다. 괴한들은 수비대의 복장을 벗겨 갈아입고 수비대의 위치에 서서 입초를 섰다.

서너 명의 수하를 거느린 대장이 담을 뛰어넘어갔다. 잠귀가 밝은 대원군이 발자국 소리를 듣고 잠에서 깨어났다.

"누구냐?"

"야심한 밤에 죄송합니다."

귀에 익은 목소리였다. 평소 대원군과 친분이 두터운 일본군 소좌 출신 오카모도 류노스케였다.

"자네가 웬일인가?"

"결례를 용서해주십시오."

"웬일이냐고 묻지를 않았는가?"

불쾌한 목소리다.

"경복궁에 들어가려 합니다. 도와주십시오."

옆자리에 있던 서기관 스기무라가 약조문을 내밀었다. 오늘 이후, 파생되는 정치에 일절 간여하지 않겠다는 내용이었다. 일종의 각서다. 중국에서 돌아오는데 일본에 빚을 지고 있다고 생각한 대원군은 고민에 빠졌다.

귀국 후, 향후 정국에 대한 암중모색 중이었지만 외국의 힘을 빌려 내정을 수습하는 것은 바람직하지 않다고 생각했다. 하지만 살벌한 분위기에 눌려 서명했다. 3시. 의관을 정제한 대원군이 교여에 올랐다.

"합하! 이렇게 모시게 되어 죄송합니다."

대원군을 태운 교여가 애오개를 넘어 서대문에 이르렀을 때 우범선이 이끄는 훈련대 제2대대가 기다리고 있었다. 일행이 경복궁에 도착했을 때 일본군 수비대 제3중대가 합류했다.

이 무렵 일단의 일본군은 경복궁의 동북쪽에 있는 춘생문에 집결했다. 건청궁이 가까운 곳이다. 광화문에서 울리는 총소리를 신호로 이들은 경복궁 담장을 뛰어넘어 들어갔다.

광화문에 있던 대원군은 문이 열리기를 기다리고 있었다. 춘생문을 뛰어넘은 일본군 군사가 뛰어와 광화문을 열어주었다. 대원군의 교여가 홍례문을 지나 근정전을 지날 무렵 낭인들은 건청궁에 난입하여 왕비의 공간을 유린하고 있었다.

시퍼런 칼날이 춤을 췄다

건청궁에 정적이 깨졌다. 여자들만의 공간 건청궁에 군홧발 소리가 요란했다. 정숙의 공간 건청궁에 우직한 남자들의 발자국 소리가 쿵쾅거렸다. 궁녀들이 비명을 지르며 우왕좌왕했다. 궁궐은 삽시간에 아수라장이 되었다.

"왕비가 있는 곳이 어디냐?"

침입자들이 궁녀의 목에 칼을 들이대며 다그쳤다.

"모른다."

시퍼런 칼날이 춤을 췄다. 옷이 갈갈이 찢어졌다. 드러난 젖

무덤을 손으로 가리며 웅크리고 있는 궁녀들을 바라보는 음흉한 눈빛이 이글거렸다.

"왕비가 있는 곳을 말하면 살려주겠다."

"모른다 하지 않았느냐."

죽음을 각오한 궁녀들의 목소리는 칼칼했다.

낭인들의 칼이 번쩍였다. 피가 튀고 궁녀들의 목이 나뒹굴었다. 살육을 마친 무뢰배들이 어디론가 뛰어나갔다. 길을 막는 시위대장 홍계훈과 궁내부 대신 이경직을 한칼에 베었다.

건청궁 가장 지밀한 곳 옥호루에 시녀들을 거느린 여인이 앉아 있었다. 단정한 모습이 범접하기 어려운 기품을 풍겼다. 오카모도가 칼을 빼어 들고 다가섰다.

"네가 민씨냐?"

"나는 이 나라의 왕비다."

"무엇이라고? 네가 왕비라고? 하하하, 망하는 나라의 왕비라니 개가 웃겠다."

칼날이 어깨를 스쳤다. 당의가 베어지고 선홍빛 핏줄기가 솟구쳤다. 왕비는 미동도 하지 않고 그대로 앉아 있었다. 칼날이 두세 차례 춤을 추었다. 피로 물든 속적삼이 베어지면서 젖무덤이 드러났다. 음흉한 눈초리로 그 모습을 즐기던 오카모도의 칼날이 목덜미를 향했다. 그놈의 눈동자와 왕비의 눈이 마주쳤다. 살기(殺氣)와 독기(毒氣)가 불꽃을 튀겼다.

칼이 번쩍였다. 자세를 잃지 않던 왕비가 앞으로 꼬꾸라졌다. 일본도를 위로 치켜올린 오카모도가 다시 한번 내리쳤다. 순간, 치마가 갈라지며 허연 허벅지가 드러났다. 누런 이를 드러내며 짐승처럼 웃던 그가 일본도에 묻은 피를 치마에 닦았다.

"뭣들 하고 있느냐?"

왕비의 죽음을 확인한 오카모도가 큰소리를 쳤다.

"시신을 여기 두면 우리 소행이 드러난다."

그들은 시신을 끌어내어 건청궁 뒤쪽 우물에 던졌다.

"아니다. 금방 눈에 띌 거다."

오카모도 일행은 시신을 끌어올려 향원정 연못에 던졌다.

"여기도 아니다. 시신이 떠오를 거 아니냐?"

그들은 시신을 건져 올려 건청궁 바로 옆 녹산으로 끌고 가기름을 부었다. 왕비의 얼굴을 확인한 오카모도가 성냥을 그었다. 불길이 솟아올랐다. 궁궐에서의 불길은 금기다. 목조 건물은 화재에 취약하기 때문이다. 허나, 누구 하나 내다보는 사람이 없었다. 왕비를 살해하고 시신마저 불태운 그들은 우범선과 함께 유유히 사라졌다.

타다 남은 왕비의 시신을 발견한 훈련대 참위 윤석우가 같은 부대 이주희, 박선과 함께 흩어진 시신을 수습하여 오운각 부근에 묻어주었다. 허나, 그는 왕비의 시신을 함부로 묻었다는 불경죄로 교수형에 처해졌다.

병자호란 때, 수많은 여자가 심양으로 끌려갔다 속환금을 내거나 탈출하여 돌아왔다. 환향녀다. 헌데, 사대부들은 몸을 더럽혔다고 내쳤다. 많은 여자가 목을 메거나 한강에 투신했다. 자신들이 나라를 지키지 못해 여자들이 끌려갔는데 여자들에게 책임을 물었다.

그로부터 260년, 자신들이 지키지 못하여 왜놈들에게 왕비를 잃었으면서도 타다 남은 유해가 불쌍하여 수습해 묻어주었는데 그를 죽였다. 역사에서 교훈을 얻지 못하는 민족의 역사는 반복된다고 했던가? 누가 죽을 놈이고 묻힐 놈인지 알 수 없다.

어찌됐든 이때 죽은 여자는 조선국 26대 왕 고종의 비(妃)다. 즉 왕비다. 이로부터 2년 후, 1897년 고종이 대한제국을 선포하고 황제에 올랐으니 죽을 당시 왕비의 신분은 왕비 민씨다. 그 후, 황후로 추증되어 명성황후라 부를 뿐이다.

고도로 의식화된 우익집단의 소행

"왕비의 죽음은 조선인들의 소행이다."

왕비 시해사건이 극동지역 중요 현안으로 떠오르자 일본 공사는 사건을 왜곡하기에 급급했다. 하지만 어둠은 빛을 이길 수 없고 사실은 드러나게 마련이다.

사건의 윤곽이 드러나자 일본 공사 미우라는 '범인은 일본 낭인이다. 법에 따라 조치하겠다.'라고 발표하고 관련자 47명을 히로시마 법원에 넘겼으나 '증거불충분'이란 이유로 전원 석방되었다.

왕비 시해사건이 있기 몇 개월 전, 청일전쟁에서 승리한 일

진령군

본은 조선 강점에 야욕을 드러냈다. 헌데, 일본에 기우는 듯한 조선이 러시아로 선회했다. 그 배후에 왕비가 있다고 판단한 일본은 왕비 제거 작전에 돌입했다. 일명 '여우사냥'이다.

일본 공사관 밀실에서 작전회의가 열렸다. 하버드에서 경제학을 전공한 시바 지로, 일등서기관 스기무라 후카시, 영사관보 호리구치 구마이치, 그리고 공사관 무관이자 포병 중좌인 구스노세 유키히코가 참석했다. 회의는 육군 중장 출신 미우라 공사가 주재했다. 기밀 유지를 위해 우치다 사다스치 일등영사는 제외했다. 이들은 단순 무식한 사무라이가 아니라 고도로 의식화된 우익엘리트였다.

현장에 투입할 행동대원은 한양에서 발행하는 일본 신문 한성신보 사장 아다치 겐조가 맡았다. 그는 주필 구니토모 시게아키, 편집장 고바야가와 히데오, 기자 히라야마 이와히코, 사사키 마사유키, 기쿠치 겐조를 주축으로 구마모토와 후쿠오카 규슈 출신 낭인 30여 명을 규합했다. 조선인들 소행으로 위장하기 위하여 평소 대원군과 친분이 두터운 소좌 출신 오카모도 료노스케가 대원군을 포섭하기로 했다.

만행을 저지른 무뢰배는 일본 정부의 변명처럼 시정잡배로

꾸려진 낭인이 아니라 주한 일본 공사가 조직적으로 동원한 일본 우익집단이었다.

왕비 시해에 적극 가담했던 우범선은 사건 직후 비호 세력의 도움으로 일본으로 건너가 일본 여자 사카미와 결혼하고 도쿄에 신방을 차렸다. 그리고 아들을 낳았다. 그가 씨 없는 수박을 발명한 우장춘이다.

우범선의 매국에 분노를 느낀 사람이 있었으니 고영근이다. 고영근은 히로시마에 숨어 살고 있던 우범선을 추적하여 살해했다. 일경에 체포되어 살인 혐의로 사형선고를 받은 고영근은 조국으로 송환되어 고종의 특명에 따라 사면되었다. 고종이 세상을 떠나 홍릉에 묻히자 그는 스스로 능참봉이 되어 생이 다하는 날까지 고종의 무덤을 지켰다.

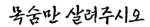

목숨만 살려주시오

왕비가 죽었다. 국상(國喪)이다. 왕비가 살해되었다는 소식이 도성에 전해지자 백성들의 마음은 셋으로 나뉘었다. 민씨 척족에게 괴로움을 당했던 사람들은 "잘 돼졌다."라고 환호성을 질렀으며, 민씨 척족에게 콩고물이라도 얻어먹은 사람들은 "안됐다."라며 애석하게 생각했다. 이해관계가 없는 일반 백성들은 "국모가 돌아가셨다."라고 땅을 치며 통곡했다.

분노를 표출해야 할 일본에겐 총칼이 무서워 대들지 못한 성난 군중들이 삼청골 신당으로 몰려갔다. 허나, 왕비가 사망했다는 정보를 입수한 무당은 종적을 감추고 텅 비어있었다. 뿔난 군중들이 불상을 집어 던지고 난장판을 만들었다.

"진정들 하시오. 여기는 관운장 북묘(北廟)입니다. 신성한 곳을 신당(神堂)으로 악용한 무당 년이 나쁜 년이지 이곳이 나쁜 곳은 아닙니다."

분을 삭이지 못한 군중들이 팔판동 사가로 몰려갔다. 거기에는 쌓아둔 억만금을 두고 떠나지 못한 창열이가 집을 지키고 있었다.

"옳다, 이놈! 잘 잡혔다. 네 이름이 무어냐?"

"김창열이오."

대청마루에 배를 내밀고 서 있는 꼬라지가 아직 어깨에 힘이 덜 빠진 모습이었다.

"이놈이 아직 네 세상인 줄 아느냐?"

군중 속에서 억센 팔을 자랑하는 사나이가 튀어나와 멱살을 잡아 마당에 패대기쳤다. 개구리처럼 마당에 엎어진 창열이가 꼼지락거리며 일어나려 하자 누구인지 모를 억센 발이 그의 목을 밟았다.

"어머니 이름은 무엇이냐?"

"신명신입니다."

목소리가 잦아들고 고분고분해졌다.

"아버지 이름은 무엇이냐?"

"모릅니다."

"애비도 없는 호로자식이냐?"

"모릅니다."

"긁어모은 재물은 어디에 숨겼느냐?"

"팔판동 집에 있는 것뿐입니다."

"이 쉐이가 아직도 정신을 못 차렸나? 으슥한 곳에 묻는 걸 봤다는 사람이 있는데 무슨 개소리냐?"

목을 밟고 있는 사나이가 발에 힘을 주었다.

"쬐끔 묻었습니다요."

"그곳이 어디냐?"

"가르쳐 드릴 테니까 발 좀 치워 주십시오."

"뇌물은 네 맘대로 받았지만 발을 치우는 건 내 마음이다."

사나이가 발에 더욱 힘을 가했다.

"아이고! 사람 죽네. 사람 살려요."

"네놈을 살려줄 사람이 어데 있다고 돼지 멱따는 소리를 하느냐?"

창열이에게 빌붙어서 집사 노릇을 하던 놈들은 어디론지 종적을 감추고 개미 한 마리 없었다.

"목숨만 살려주십시오."

진령군

"이 새끼가 어디서 목숨 타령이냐?"

"새끼, 새끼 하지 마슈! 나도 장가들어서 처자식이 있는 몸이란 말입니다."

창열이가 눈을 번득거리며 이죽거렸다.

"네가 무당 새끼 아니면 무당 애비라도 된단 말이냐?"

"이 새끼가 뒈지려고 말이 많아."

군중 속에서 목소리가 터져 나왔다.

"이놈을 처죽여라."

성난 군중 속에서 고함이 터져 나오는 것과 동시에 돌멩이가 비 오듯 쏟아졌다. 한때는 당상관 관복을 입고 운종가를 거들먹거리던 창열이가 피를 흘리며 숨쉬기를 멈췄다.

"저승길에 배고플 테니 이거나 처먹고 가거라."

군중 속의 사나이가 돌멩이를 입에 넣고 주먹으로 쳤다. 이 부서지는 소리와 함께 창열이의 입에서 검붉은 피가 쏟아져 나왔다.

성난 군중에게 붙잡힌 궁정 무당

쌍심지를 켠 백성 수색대의 활동이 시작되었다. 하루 만에 삼청골에서 성 너머로 가는 산기슭에 움막을 치고 숨어 있던 명신이가 군중들에게 발각되었다. 의기양양한 군중들은 그녀를 보신각 네거리로 끌고 나왔다.

광장은 피를 먹고 넓어진다 했던가? 북쪽에 의금부가 있고 남서쪽에 전옥서가 있는 보신각 네거리는 서늘한 거리다. 보신각에서 동쪽으로 육의전을 지나 동대문과 남쪽으로 숭례문까지는 그래도 사람 사는 냄새가 났지만, 육조거리에서 이곳 네거리까지는 오뉴월 삼복더위에도 찬바람이 서늘했다.

보신각네거리는 공포정치하기에 알맞은 공간이었다. 강권

정치를 하는 위정자는 자신의 철권통치를 합리화하기 위하여 이곳 광장에서 공개처형을 선호했다. 이보다 더 좋은 공포정치가 없기 때문이다.

국초(國初), 그러니까 조선 초기. 태종 이방원이 셋째 아들 충녕대군에게 왕위를 양위하고 태상왕으로 물러나 있던 세종 1년. 세종의 장인 심온이 명나라 사신으로 떠날 때, 환송객이 서대문 밖까지 구름처럼 몰려나왔다. 외척 발호를 차단하기 위해 1차 왕자의 난 때 목숨 걸고 도왔던 민무질, 민무구 등 처가 식구들을 박살 낸 이방원으로서는 썩 좋지 않은 그림이었다.

세종의 장인이자 자신의 사돈인 영의정 심온을 치기로 결심한 태종 이방원은 우선 심온의 아우 심정을 엮었다. 병조판서 박습과 함께 자신이 행사하던 군권에 딴지를 걸었다는 죄목이다.

병조판서 박습, 병조참판 강상인, 동지총제 심정을 한 묶음으로 엮은 태종은 박습과 심정을 참형에 처하고 강상인을 거열하라는 명을 내렸다. 당시 사형에는 교형, 참형, 능지처사가 있었고 능지처사에도 오살(五殺)과 육시(戮屍), 거열(車裂)이 있었다. 그 외에 사사와 부관참시가 있었다.

　박습과 이관, 심정을 참형에 처하고 강상인을 거열하라는 명에 따라 서소문 밖에서 박습과 이관, 심정의 목을 벴다. 고문을 견디지 못하고 옥중에서 절명한 병조판서 박습의 목도 벴다. 시신의 목을 자른 것이다.

　가장 잔인한 공개처형 거열형이 행하던 곳이 보신각 앞 네거리다. 대역죄인을 처형한다는 방을 보고 보신각 네거리에 사람들이 바글바글 몰려들었다. 문무백관이 참관하고 수많은 백성이 지켜보는 가운데 강상인의 거열형이 시작되었다.

　살아있는 강상인의 목과 손과 발을 밧줄로 묶어 달구지에 연결했다. 집행관의 구령에 따라 마부의 채찍이 말의 뱃가죽을 강타했다. 깜짝 놀란 말이 앞으로 움직였다. 순간 강상인의 몸이 허공에 뜨더니만 다섯 조각으로 찢어졌다. 동원된 관료들은 고개를 돌려 외면했고 구경나온 백성들은 손으로 얼굴을 가렸다. 사람을 마차에 걸어 찢어 죽이는 거열(車裂)은 참혹한 형벌이다. 하지만 권력자는 힘을 과시하는 공포의 처형이다.

심정을 처형한 태종은 명나라에서 돌아오는 심온을 의주에서 체포하여 수원으로 압송했다. 아들 세종을 생각해서 신체 손상 없는 것으로 봐주는 것이니 사약을 마시고 자진하라는 것이다. 유교를 숭상하는 사대부들은 신체가 훼손되지 않은 것만으로도 다행으로 생각했다.

떠날 때는 영광의 길이었으나 돌아올 때는 죽음의 길이었다. 청송심씨 일가가 멸문지화를 당하게 된 것은 좌의정 박은의 참언이라고 판단한 청송심씨는 이로부터 반남박씨와 혼인을 끊었다. 500년 원한의 시작이었다.

광장은 피를 먹고 넓어진다

아차산의 여명이 걷히는 새벽, 33번 파루가 울리면 잠들었던 도성이 깨어나는 보신각 광장이 살벌한 심판장이 되었다. 산발한 명신이를 묶어 세운 군중들이 심판에 들어갔다. 백성 재판이다.

"이름이 무엇이냐?"

"신명시이오."

끌려 나오면서 얻어맞았는지 터진 입술에서 발음이 새어 나왔다.

"똑바로 말하지 않겠느냐? 신명시가 무어냐?"

"신명신이오."

"날리면 이라고?"

"신, 명, 신이오."

"앞으로 신어도 신, 뒤로 신어도 신, 네 신은 앞뒤가 없구나. 몇 살 먹었느냐?"

"마흔아홉이오."

"이년이 왕비보다 더 먹었으면서도 언니, 언니하고 사기 쳤구나."

"신을 모시는 신딸은 인간 세상의 나이를 별로 따지지 않습니다. 나이 먹은 사람이 신방을 찾아가 점을 볼 때 나이 어린 무당이 야, 너 하지 않습니까."

"그렇다고 국모를 속여 먹어? 이 나쁜 년 같으니라구."

"임금이 무치이듯이 신딸도 무치입니다."

"무치(無恥)가 무어냐?"

"합문 밖에 지밀상궁과 나인을 세워놓고 교태를 부리는 후
궁과 그거를 하는 임금님을 무치라 합니다. 수치심이 없다는
뜻입니다."

"죽어가면서도 주둥이는 살아 있구나."

"살려주면 전 재산을 내놓겠습니다."

"얼마나 되느냐?"

"확실히는 모르나 임금님이 가지고 계시는 내탕금보다는 많
을 것입니다."

"도둑년 같으니라고, 언제 그렇게 많이 모았느냐?"

"받고 싶지 않다고 해도 갖다 바치는데 어떡합니까?"

"손을 벌리지 않았는데도 가져오더란 말이냐?"

"가져온 놈이 나쁜 놈입니까? 받은 년이 나쁜 년 입니까?"

"수요가 있었으니까 공급이 있었을 것 아니냐? 네년이 관직을 내려주지 않으면 어떤 골 빈 놈이 갖다 바쳤겠느냐?"

"모가지를 잘랐는데도 갖다 바치더이다."

"붙여주라고 바친 것 아니냐?"

"그런 놈은 불쌍해서 한 등급 올려준 죄밖에 없습니다."

"아예 삼청골에서 자리장사를 했구나?"

"사는 놈이 있었으니까 파는 년이 있었지요."

"관직은 그렇게 사고파는 것이 아니다."

"나라에서도 팔지 않았습니까?"

"나라에서 파는 것도 잘못이지만 그래도 그 돈은 경복궁 짓는 데 들어갔고 네년이 판 것은 네년 치마폭으로 들어갔지 않았느냐?"

"한 번만 살려주면 백성을 위해 살겠습니다."

"네가 백성을 위할 힘이 어데 있다고 그따위 말장난을 하느냐?"

"더 이상은 시간 낭비다. 저년을 때려죽여라."

군중 속에서 몽둥이가 날라 왔다. 묵직한 한방에 목이 꺾어졌다. 기다렸다는 듯이 수많은 돌팔매가 날아왔다. 이마가 터지고 얼굴이 터졌다. 성난 군중이 달려들어 저고리를 잡아챘다. 허연 가슴이 드러났다.

"신딸 가슴은 금테 둘렀는줄 알았는데 빈대떡 한 판에 검은 콩 한 알이군."

"호호호!"

"캬캬캬!"

명신이가 찢어진 저고리를 끌어다 가슴을 가렸다. 허나, 힘 빠진 손이 섶을 놓치며 서서히 무너졌다. 가슴에 피가 흐르고 이마에서도 흘렀다. 이때였다. 누구 손에 들려있는 줄 모르는 몽둥이가 머리통을 갈겼다. '픽' 하는 소리와 함께 뇌수가 쏟아졌다.

"저년을 저렇게 쉽게 보낼 수 없다."

"이년은 헌부놈 꺼를 그렇게 좋아했다며?"

"나팔수 꺼도 좋아했대."

"남촌 의원 꺼를 빼놓으면 안 되지."

"공사판 십장이 길을 내놨대."

"투전판의 타짜 꺼도 좋아했대."

"무술하는 놈 하고 홑이불 덮고 있는 것도 본 사람이 있대."

"이년은 가릴 게 없이 게걸스럽게 잘 먹었던 년이야."

"잘 처먹었으니 청계천에서 주워온 자갈이나 그곳에 흠씬 넣어주자고."

"청계천 거는 드럽잖아?"

"그렇다고 깨끗한 미사리 강돌을 넣어주면 예의가 아니지."

"더러운 덴 드러운 돌이 제격이야."

"크크크."

"큭큭큭."

그녀의 가장 은밀한 곳에 자갈이 박히고 시신은 백성들이 던진 돌멩이에 묻히고 말았다.

the end